「別に寝ててもいい。ただお前が寝ていようが、
こっちは勝手にやらせてもらう」
ティエンは口角を上げ唇を嘗める。

illustration by CHIHARU NARA

龍《りゅう》の困《こん》惑《わく》

ふゆの仁子
JINKO FUYUNO

イラスト
奈良千春
CHIHARU NARA

Lovers Label

CONTENTS

1

「あー、満腹」

ホテルの部屋に入った高柳智明《たかやなぎともあき》は履《は》いていた靴《くつ》を乱暴に脱《ぬ》ぎ捨て、上着を手近な椅子《いす》の背に放り投げてから、キングサイズのベッドに両手を開いてうつ伏《ぶ》せで飛び込んだ。柔《やわ》らかすぎず心地よいスプリングが、優しく高柳の体を包んでいく。

天井までの高さのある大きな窓からは、月明かりに照らされた夜の海が望《のぞ》める。

「指一本動かしたくない。幸せな状態で寝たい。いや、寝る」

「服ぐらい脱げ。皺《しわ》になる」

宣言した高柳の枕元に立った男は、その腕を引っ張って着ているシャツを脱がしていく。

「ついでに言うならシャワーを浴びて歯も磨《みが》け」

乱暴に服を脱がされていた高柳は、無抵抗なまま両手を天井に向かって伸ばす。そして顔をくしゃっと歪《ゆが》めた。

「ティエン、お母さんみたいだ」

「お前の母親はこんな強面《こわもて》なのか？」

予想しなかった返答に、堪《こら》えるように高柳は体を捩《よじ》らせた。

「擽《くすぐ》ったい」

「こら。じっとしていないと脱がせられないだろうが」

子どもみたいに暴《あば》れる高柳は、両腕を上からベッドに縫《ぬ》いつけられる。ウエストで結ばれていたパンツの紐《ひも》を緩《ゆる》められ、派手《はで》な柄《がら》の半そでシャツのボタンは、既《すで》に全開にされていた。露《あら》わになった肌の胸の突起《とっき》は、酒の酔《よ》いのせいだけでなく既にふっくらと膨《ふく》らんでいる。

戯《たわむ》れに見せかけていても、肌に手が触れているのは間違いない。高柳が本気で抗《あらが》わないのも、ティエンの行動の裏に潜《ひそ》む意図《いと》を知っているからだ。

黎天龍《ライティエンロン》ことティエン・ライは外した眼鏡《めがね》をベッドサイドに置き、本格的に高柳の胸元に口を押しつけてきた。

「あ……っ」

何もかも心得た愛撫《あいぶ》に、高柳は小さい声を上げる。舌全体で膨らんだ突起部分を転がされると、体中が総毛立《そうけだ》ってくる。

「ん」

腰に広がる熱から生まれるもどかしさに、高柳は内腿《うちもも》を擦《こす》り合わせて膝《ひざ》を立てた。

リゾート地という特有の空気が、いつもより高柳を大胆《だいたん》にする。

「擽ったい」

高柳は胸元にあるティエンの頭に手をやって、無理やりそこから引き剝《は》がそうとする。しかし抗いの手はあっさり押し返され、かえって強く乳首を吸《す》われてしまう。ざらついた舌の感触と強い吸い上げに、堪え切れない声が溢《あふ》れてくる。全身に広がる快感《かいかん》で、腰が大きく上下した。

「この状況《じょうきょう》でもまだ寝るつもりか？」

懸命《けんめい》に喘《あえ》ぎを堪える高柳に、ティエンはわざと確認してくる。黒目がちな大きな瞳のせいか、童顔だという印象を他人に与えるらしい。だが目鼻立ちははっきりしていて、口元の黒子《ほくろ》もあいまって、実は端整な顔立ちをしている。

「寝るって言ったらどうする？」

高柳は誘《さそ》うように笑う。

「別に寝ててもいい。ただお前が寝ていようが、こっちは勝手にやらせてもらう」

ティエンは己《おのれ》の首元に手をやって、着ているシャツのボタンに手をかけつつ、口角を上げ唇《くちびる》を嘗《な》める。滴《したた》り落ちる艶香《えんか》で、全身の熱が下肢《かし》に集まっていく。

（エッチだなあ）

高柳は改めて己の恋人であるティエンに、そんな感想を抱いてしまう。

留学していた大学時代に出会い、互《たが》いの存在は認知していながら、一度二人の道は違《たが》えられたはずだった。

しかし共通の知人である、米国大手流通チェーン、ウェルネスマートの最高経営責任者、ヨシュアこと黒住修介《くろずみしゅうすけ》の存在があったことで、二人の道は一つになった。

少しだけ語学が得意で、多少、運が良いだけの高柳と、香港《ホンコン》裏社会を統《す》べる家柄《いえがら》に生まれたティエンは、本来なら一緒に生きていくことなど有り得なかった。

しかし二人は出会い、一度の別れを経《へ》ながらも再会を果たしたのだ。生きる世界の違いに、ティエンが高柳を突き放したこともある。それでも高柳はティエンの傍《そば》から離れなかった。

というよりも、離れられなかったというのが正しいだろう。

大学時代、存在を認知していただけに過ぎない関係であっても、当時既に高柳の心はティエンに奪《うば》われていた。

具体的に、今みたいな関係になることを想像していたわけではない。ただ、魅了《みりょう》されたのだ。

あれから何年が経《た》ったのか。

当時は、太平洋のリゾート地で、二人がこんな風に過ごすことを、想像できるわけがなかっただろう。

「何を考えてる？」

人の心を摑《つか》んで離さない瞳が高柳に向けられる。履いていた下着をずらされ、胸への愛撫で昂《たか》ぶっていた欲望は、ティエンの手の中にある。

根元から先端まで、浮き上がった脈《みゃく》をなぞる指先の動きに、高柳の感覚は引きずられる。

「君と出会ってから、どのぐらいになるのかなって」

「そんなことを考える余裕があるのか」

ふっと喉《のど》の奥で笑ったティエンは、煽《あお》るように高柳自身の先端《せんたん》に歯を立ててきた。

「んん……っ」

尖《とが》った歯先から生まれる強烈《きょうれつ》な刺激が、背筋《せすじ》から脳天までを一気に這《は》い上がっていく。ぶるっと内腿が震《ふる》え、膝ががくがく揺れる。体中の熱が嚙《か》まれた場所に集まって、猛《たけ》った先端から甘い蜜《みつ》を溢れさせてしまう。その蜜を、ティエンは丁寧《ていねい》に舌の先で拭《ぬぐ》う。

「ティエン……もう……」

「寝るんじゃなかったのか?」

「意地悪《いじわる》」

高柳は小さく息を吐くと、起き上がってティエンの頭を抱え込んだ。

そして半ば無理やり自身から引き剝がしたティエンの顔を上向かせ、濡《ぬ》れた唇に自分の唇を押しつける。

勢い任せのせいもあって、色気はほとんどなかった。擬音《ぎおん》で言うなら「ブチュ」だろうか。色気もへったくれもないが、この程度のことで盛り上がった気分が削《そ》がれたりはしない。互いの顔を見て苦笑しながら、当たり前のように互いの舌を貪《むさぼ》り合う。

生き物のように蠢《うごめ》くティエンの舌が、すべてを知り尽くした高柳の口腔内《こうこうない》を刺激していく。上顎《うわあご》の細かな襞《ひだ》を突き、歯のつけ根を撫《な》でる。

舌の突起のひとつひとつが、ティエンを求めている。ティエンにもたらされる愛撫を求めている。高柳はティエンのセックスに翻弄《ほんろう》されっぱなしだ。

初めてセックスしたあの日から、ずっと。

今も鮮明《せんめい》に思い出すことができる。突然にティエンに会いに行った日——そして初めてティエンとセックスした日。

大学時代、ろくに互いの存在を知らなかったにもかかわらず、ティエンに好かれているという絶対的な自信が高柳の中にあった。

高柳もまた、ティエンに心惹《こころひ》かれていたのは間違いない。

だが、そんな気持ちを互いに口にしたのは後からだ。二人の関係は感情は抜きにして、損得《そんとく》勘定《かんじょう》と「カラダ」から始まってしまった。その事実を思い出すと、高柳は僅《わず》かだが後悔《こうかい》の念《ねん》に駆《か》られる。

それこそ今さらだ。今日まで二人が一緒にいることを考えれば、きっかけなどどうでもよかったのだと思えなくもない。

それでも、ふとした瞬間、考えてしまう。もし、違う形で二人の関係が始まっていたら、今の二人はどうなっていただろうか、と。

今が幸せだからこそ、贅沢《ぜいたく》になるのかもしれない。ティエンを好きだという気持ちを、もっと味わいたかった、と。互いに気持ちを伝え合って体を重ねていたら、どんな感じだっただろうか、と――。

キスするタイミングを互いに推《お》し量《はか》ったり、初めてセックスする日を互いに探り合ったりしたかった。

それこそ、今時の高校生ですらしないかもしれない、ときめきから始まる恋愛をティエンと楽しんでみたかった。

もちろん、過去に遡《さかのぼ》りティエンと最初からやり直せたとして、高柳の望むようなロマンス小説のような展開が待っているとは限らない。

叶《かな》わない夢だからこそ、想像してしまう。自分でも笑いたくなるような展開を思い浮かべながら、ティエンとの情事に没頭《ぼっとう》する。

高柳自身より高柳の体を知り尽《つ》くしたティエンの愛撫は、体を芯《しん》から熱くさせる。

胸への愛撫は特に丹念《たんねん》に行われる。

「……ん、ん……」

その間に、高柳はティエンのシャツを脱がしていたが、すべてのボタンを外《はず》すのに苛々《いらいら》した。途中で面倒臭《めんどうくさ》くなって、シャツを破《やぶ》りそうになるのを、ティエンが気づいて高柳の手を払《はら》う。

「無茶《むちゃ》するのはやめろ」

「だってボタンが上手く外せなくて……」

「ワイシャツに比べたら、こんなシャツのボタン、大したことないだろう」

ティエンの言うことはもっともなのだが、この状況ではどっちもどっちだった。

そしてティエンは高柳が引きちぎろうとしたボタンを自分で外し、それを脱ぎ捨てた。そして全裸《ぜんら》でベッドに仰向けに横たわる高柳の上に覆《おお》い被《かぶ》さってくる。

ゴムの緩い膝までのパンツから見える腰骨のラインが、なんとも色っぽい。

（エッチだな、ホント）

ティエンという男は、髪を整えネクタイを結び、スーツをきっちり着込んでいると、ストイックなエリート然として見える。ウェルネス日本支社に勤務していた頃も、誰もティエンの裏の顔には気づかなかったという。

しかし、前髪を下ろしネクタイを緩めた途端《とたん》、それまでどこに潜《ひそ》んでいたのかと思うほどの艶《つや》ときな臭さが溢れ出てくるのだ。

人によっては、裏の顔、というよりも夜の顔がまったく想像できないこともある。だがティエンの場合、滴り落ちる色気だけで、この男のセックスしている姿が想像できてしまう。

それも相当「エロい」姿だ。

もちろん想像でなく、高柳は実際にセックスする姿を知っているわけだが、知らなかったとしても、予想できるぐらいに、今のティエンはエロい。

そのエロいティエンと、これからまさにセックスしようとしているのだ。興奮《こうふん》しないわけがない。

「ヤバいなあ……」

ティエンの頭を抱えて高柳は思わず呟《つぶや》きを漏《も》らす。

「何が」

「ティエンみたいにエロい相手とセックスするんだと思ったら、頭の中、いっぱいになってきた」

「何を今さら」

その発言にティエンは眉《まゆ》を寄せつつ、当たり前のように少しずつ熱を蓄《たくわ》えてきた高柳の根元に両手を添えてくる。

薄い叢《くさむら》を避《さ》け、後ろの袋の皺を指で伸ばし、そそり立つ中心を先端まで愛撫していく。既に昂ぶっている欲望はあっという間に熱を蓄え硬度を増す。蜜を溢れさせる先端に、ティエンは躊躇《ちゅうちょ》なく舌を押しつけてくる。

「嫌ってほどセックスしてきただろうが」

「ん、ん……」

アイスキャンディーでも嘗めるように、高柳は根元から先端まで丹念に貪られる。上唇と下唇を巧《たく》みに使い、時折《ときおり》歯を立てられると、背筋を一気に強烈な刺激が這い上がっていく。

「あ……あ、ああ……」

咄嗟《とっさ》に膝を立て、両脚の間に割って入っていたティエンの頭をぎゅっと挟《はさ》んでしまう。

「な、に、やってんだ……」

ティエンは高柳自身から口を外し、膝を摑んで内側から開き、もう一方の手で乱暴に猛った欲望を握《にぎ》ってきた。

「ちょ、っと……ティエン、痛、い……」

一瞬の衝撃《しょうげき》に耐《た》えられず、高柳は無意識に声を大きくした。

「先に人の首を絞《し》めたのは自分だろう」

ティエンは己の舌を嘗めつつ、棒みたいに硬くなった高柳を乱暴に指で弾《はじ》き、露わになった窄《すぼ》まりを撫でてくる。

「ティエン……」

元々、舌ったらずなせいか幼く感じられる口調に、さらに甘さが混ざる。

「や、だ……」

そんな声で嫌だと言われても、まったく本気には思えない。むしろ甘えられているように感じられる。

「嫌じゃないだろう。ここ弄《いじ》られるの、好きじゃないか」

ティエンは高柳自身を口を使って愛撫しながら、撫でていた場所の中心に指を突き立ててくる。

「あ」

咄嗟に上げた声に刺激されるように、ぐっと指をさらに奥に進め、火傷《やけど》しそうに熱い内壁を指の腹で押してきた。

「あ、あ……ん、ん……っ」

ティエンは、高柳以上に高柳の体を知っている。特に今触れられているところは、高柳自身もよくわかっていない場所だ。

ただ、猛ったティエンを受け入れ、熱い肉を擦られることで生まれる熱によって爛《ただ》れ熟《う》れて、いやらしく蠢くことは知っている。

今ティエンは入口部分で指を行ったり来たりさせている。

「ほら。ここをこうすると指を締めつけてくる」

「だって、そこ、気持ちいい、から……」

無意識に体が揺れてしまうが、ティエンにがっしり腰を摑まれていて自由が効かない。もどかしさにびくびく性器が揺れてしまうのを見て、ティエンは口角を上げる。

「気持ちいいから？　その先は」

上目遣いの視線に背筋がぞくぞくしてくる。ティエンと高柳の仲だ。もはやなんの気遣いも恥じらいもない。だから素直に甘えればいいのだが、なぜか今日は意地を張ってしまう。

だから唇を噛み、ティエンを睨《にら》みつける。心の中では、「早く挿《い》れてくれ」と訴《うった》える。

体中が疼《うず》いて仕方がない。早くティエンとひとつになって、何も考えられなくなりたい。快感で頭の中をいっぱいにして、ただ愛情だけを貪りたい。

だが同時に、焦《じ》らされることでより強い悦楽《えつらく》を得られることも知っている。ぎりぎりまで堪えることで昂ぶる感情の中、同じようにぎりぎりまで昂ぶったティエンを受け入れる。

怒張したティエン自身を挿入《そうにゅう》される瞬間は、毎回、強烈な痛みを覚える。張《は》り裂《さ》けそうな、実際に何度か裂けた場所から血を滲《にじ》ませながら、突き進む欲望に内壁を纏《まと》わりつかせる。

ティエンが挿《はい》ってくることで、高柳は己の体の形を知った。どこをどうされれば感じるのか、ティエンに教えられた。どこをどうすれば男を誘えるかも知った。

でも高柳が自分の意志で行ったこともある。

「ここの色、濃くなってきたな」

ティエンが掌《てのひら》全体で撫でる右足の内腿に、赤い龍《りゅう》の姿が浮かび上がってくる。

白粉彫《おしろいぼ》りという、伝説とされる刺青《いれずみ》の方法だ。ティエンの友人であり、上海《シャンハイ》を牛耳《ぎゅうじ》る「眠れる獅子《しし》」、李徳華《リードーホア》ことレオン・リーの手によって内腿に描《えが》かれた、高柳だけの龍だ。

「智明」

蕩《とろ》けそうに甘い声で名前を呼びながら、ティエンは優しく龍に口づける。唇を押しつけ、舌を押しつけ、軽く歯を立てる。さらに龍の色が濃くなったとき、高柳の快感は頂点に達する。

「あ」

短い声が上がるのと同時に、完全に勃《た》ち上がっていた性器から愛液が飛び散った。

「ん、ん……っ」

全身を小刻《こきざ》みに震わせたのちに、きゅっと強張《こわば》らせる。後ろを貫《つらぬ》かれていたティエンの指を、これ以上ないほどに締めつける。

達する刹那《せつな》、最高の悦《よろこ》びを覚えるのと一緒に、いつもほんの少しの寂《さみ》しさを覚える。

その寂しさの正体はわからない。ただ、今、芽生《めば》えている寂しさの理由はわかっている。

「なんでそんな目で俺を睨む？」

ティエンは高柳が向けている視線に気づいて笑う。

「笑ってるの、むかつく」

高柳が文句を言っても「何が」とティエンはかわす。高柳だけ勝手に射精させておきながら、自分は涼《すず》しい顔をしていることに「むかつく」。

「智明だっていつも笑ってるじゃないか」

「いつもの話をしてるんじゃない。今の話してんの」

射精後、荒《あら》くなっていた呼吸を懸命に落ち着けて、摑まれていた足を払ってティエンの股間へ移動する。

そこが既にいい具合に昂ぶっているのはわかっている。

ティエンは聖人ではない。むしろ真逆の立場にいる。欲望まるだしで、それこそ凝視《ぎょうし》されただけで、高柳が女だったら妊娠《にんしん》しそうな存在だ。そんな男が、ただ高柳だけを一方的に達かせて終わるわけがない。

「カチカチじゃんか、ここ」

ティエンは顔を上げる。

「早く俺の中に挿れたいって思ってんじゃないの？」

親指にぎゅっと力を入れて、ティエン自身に押しつける。

「ったく……」

ティエンは己の股間を刺激する高柳の足首を摑んで、自分の口元へ運ぶ。

「お前はホントに可愛い奴だよな」

「あっ」

親指を嘗められた瞬間、腰の奥がぞくりとした。一度達して尚《なお》まだ鎮《しず》まり切らない欲望で、全身が粟立《あわだ》ってきてしまう。治まり切らない己の悦楽に情けなさを覚えながらも、一度達している分、ティエンより自分のほうに分がある。

だからもう一方の足で、ティエンの股間を刺激する。

「……っ」

「可愛いのはどっちだよ」

高柳の刺激で、一瞬体を竦《すく》ませるティエンの姿がなんとも愛《いと》おしい。

「僕のこと、欲しくてこんなに硬くしてるくせに」

もう一度、足の先を揺らした途端、今度はその足の膝もティエンに抱えられた。

「ったく……淫乱《いんらん》め」

己の指で解《ほぐ》した場所に、ティエンは唇を押し当ててきた。

「ちょ、っ、待って……」

「待たない」

喋《しゃべ》りながらそこを吸われると、見る見る高柳の下肢は完全に力を取り戻してしまった。

細かな襞《ひだ》のひとつひとつを味わうように舌と歯を動かし、中心に舌を伸ばしてくる。指で撫でていたのとは違う。生き物のように蠢《うごめ》く舌の突起のすべてが、高柳の細胞《さいぼう》に張りついてくる。

「や……」

ティエンは無理な体勢で伸《の》し掛かってくる。ここまできてまだティエンは体を繋《つな》ごうとしない。

「なんで……」

「焦らされるの、好きだろう?」

「……好きじゃない」

嘗めながら喋られるとわけがわからなくなってくる。この体勢だと、ティエンがどこで何をしているかすべて見えてしまう。

己がどれだけ昂ぶっているか、解き放って濡《ぬ》れた肌も、ティエンに嘗められることで感じている体も、赤く浮き上がった龍も、何もかも。

「焦らされるのも、ティエンも好きじゃない！」

「そうか」

高柳を嘗めるティエンの赤い舌が、なんとも艶《なま》めかしい。

「じゃあ、これも、嫌いか？」

膝立ちになったティエンは、ようやく己の猛った欲望を導き出してきた。

何度も目にしているにもかかわらず、予想していた以上に濡れて猛ったティエンの姿に、高柳は無意識に息を呑《の》む。

やっと、欲していたものが与えられる。

嘗め吸われ、解されたことで溶けて柔らかくなった場所が、待ち焦《こ》がれた灼熱《しゃくねつ》を想像して疼いてきた。

むず痒《がゆ》くもどかしい。大きく足を左右に開かれ、露わになったそこに、鋭利《えいり》な先端が押し当てられる。

「んん……」

咄嗟に息を呑むものの、それでもすぐには挿入しない。

恥ずかしいぐらい収縮する高柳を嘲笑《あざわら》うように、ティエン自身はそこを軽く撫でていく。

「あ」

思わず漏れた切なさを孕《はら》む声に、ティエンが喉の奥で笑う。さすがのティエンも、限界に近いだろうと思うが、この状態でもまだ焦らそうとする。

「ティエン……っ」

「嫌いなんだろう？　これも、俺も」

（あー、もう……っ）

多分ティエンは高柳が素直に欲しがるまで与えてくれない。駆け引きするのもセックスの醍醐《だいごみ》味で、快感を強くするエッセンスのひとつとも言えるだろう。

だがあくまで余裕があれば、だ。散々《さんざん》、焦らされ煽られ昂められた今は、もう諸手《もろて》を上げて降参《こうさん》する以外にない。

「嫌いじゃない。ごめん。だからもう……焦らさないで」

「焦らさないで、どうする？」

先の言葉は言わずともわかっているだろうに、とどめを刺《さ》してくる。ここで短気になったら高柳の負けだ。だから正直に「挿れて」と口にする。

「ティエンのそれを挿れて」

最後まで誤魔化《ごまか》さずに告げると、やっとティエンが満足気に笑った。

「しょうがないな。そこまで言うなら」

猛った己に手を添えて高柳の腰に先端を当ててきた。小さな襞の中心をぐっと押し開くように突き立てられた瞬間、「ん」と息が漏れる。そんな反応など気にすることなしに、ティエンはさらに腰をゆっくり押し進めてくる。

内壁を押し開き、じわりじわりと高柳の中にティエンが挿ってくる。

「そんなに締めつけるな」

条件反射でずり上がっていく高柳の腰を、ティエンは痛いほどに掴んできた。

「や、あ、あ……」

「だから、力、緩めろ」

勃ち上がった欲望を乱暴に握られ、高柳の全神経がそこに集中する。代わりに、無意識に力を入れていた腰が脱力したらしい。そのタイミングで、一気にティエンが突き進んでくるのがわかった。

「ティエン、が、挿って、くる、ぅ……っ」

「そうだ。お前の中に入ってる。今は、この辺りか？」

臍《へそ》の下辺りを押さえられると、確かにそこに異物があるのが掌を通して伝わってきた。

身の内の感覚だけでなく、実際に触れることで「体内にある」ことを思い知らされて、なんとも言えない気持ちになる。

改めて「繋がっている」ことを実感する。

「ここはどうだ？」

ティエンは己をわずかに引きずり出し、角度を変えてぐっと抉《えぐ》ってくる。

「そこ、あ……んっ」

擦《こす》られた場所は、高柳の弱いポイントだったらしい。咄嗟に甘くなる声に気づいて、ティエンは同じ場所で腰を動かしてきた。

「あ、あ……ん、んん……っ」

そこから広がる快感が、高柳の全身に広がっていく。ティエンは乱暴に摑んでいた高柳を解放し、両手でしっかり足を抱えてきた。

「ここ、いいのか」

改めてティエンに問われて高柳は頷《うなず》きで応じる。明確に返事をしなくても、再び完全に熱を得て、硬度を増した高柳自身を見れば、快感を覚えているのは間違いなかった。

「もっと奥まで挿ってもいいか」

ティエンは確認するよりも前に腰を進めてから、高柳に折り重なるようにして顔を近づけてきた。

唇が触れるか触れないかの距離で、囁《ささや》きで確認されると、この先の快感を予想して体が内側から震えてしまう。

「……うん」

答える声が上擦《うわず》ってしまう。

「もっと、きて」

焦らされ続けてやっと与えられた悦びだ。高柳は無意識に体内のティエンを強く締めつけ、強い快感を貪ろうとする。

「もっと奥まで……もっと強く。あ……んんっ」

もっと激しく――続けようとした言葉は、高柳の望み通り強く激しくなったティエンの腰の動きで、吐息に紛《まぎ》れてしまう。

「ティエン……ティエ……ン」

痛いぐらいにティエンの指が腰に食い込んでくる。皮膚《ひふ》と皮膚がぶつかり合って生まれる音、性器を抽送《ちゅうそう》される際の水音を孕む猥雑《わいざつ》な音が、部屋の中に広がっていく。

「いい、いい……気持ち、いい」

やっと訪れた刺激に甲高《かんだか》い声が溢れる。二人の腹の間で高柳の欲望が激しく揺れ、再び蜜を溢れさせる。腿に描かれた濡れた赤い龍の姿が、淫乱さを増していく。

何度セックスしても、飽《あ》きることはない。

もっとしたいと思い、求めてしまう。

「智明……」

高柳を焦らし続けたティエンも、さすがに口数が少なくなってきた。体内にあるティエン自身も、これ以上ないほど大きくなり、高柳の内壁越しに熱を伝えてくる。

「お前の中……最高に、気持ちいいな」

吐息《といき》交じりに告げられる感想で、高柳は体温が軽く二度ぐらい上昇したような気持ちになる。

「僕も、気持ちいい……」

両足をティエンの腰に絡みつけ、自ら密着の度合いを強くする。

「そんな風にしたら動けないだろう」

笑っていてもティエンが高柳を見つめる視線は優しい。ティエンは高柳の伸ばした腕を摑んで体を起き上がらせ、向かい合わせの体勢になった。

ティエンの伸ばした足の上に跨《また》がる格好で、腕を首に回した。そこで高柳は腰を上下させる。

ティエンにされるよりも加減がない分、欲望がさらに深いところまで達する。

「あ……奥、に……」

「奥に当たってるな」

ティエンの息が高柳の耳にかかる。軽く耳朶《みみたぶ》を食《は》まれると、ぞわりと全身の毛が立った。

「もっと……」

どうしたらもっと良くなるか、高柳はティエンの首に回していた手を解き、背中を弓《ゆみ》なりに反《そ》らしてみる。と、腰を動かした途端、全身に電流が走ったような感覚が広がった。

「……あ」

「ここ、だな」

高柳の反応を見て、ティエンは「そこ」を重点的に突き上げてきた。

小さな快楽の玉が、雪だるま式に増幅《ぞうふく》し、これ以上ないほど大きくなった。

「達、く……達く、達っ……」

そして一気に爆発《ばくはつ》する。

瞬間、頭の中が真っ白になって、すべての感覚が解放される。体中の力が抜け落ちて宙に浮いていた体が、一気に落ちていく。

止まっていた時間が動き出し、全身が空気を欲する。だから大きく深呼吸《しんこきゅう》しようとしたが、その前に腰を抱えられ、再びベッドに押し倒される。

「ティエン……」

「悪いが、俺はまだ達ってないんだ」

ティエンは高柳の膝を抱え、大きく腰を突き立ててくる。

「あ、あ、あ……っ」

猛った欲望が突き立てられるたび、理性と思考が頭の中から押しやられていった。

2

うるさく鳴り響《ひび》く着信音に気づいていても、高柳は電話に出ようとはしなかった。ティエンの腕を枕《まくら》にした状態で、両手で持ったスマホをじっと見つめている。

「出ないのか」

「出ない」

強い口調で断言する。でも気になるから、画面だけは眺《なが》めてしまう。

かなりしつこく鳴った着信音が鳴り止《や》んだところで、高柳はすぐにその履歴を消す。そうしていると、今度はティエンのスマホに着信がある。電話に出ようと伸ばすティエンの手を、高柳は途中で引き留める。

長い情事を終えてバスルームで戯れるように体を洗い合い、やっとベッドに入ったところだった。外は夜が明け朝になろうとしている。

高柳が不機嫌《ふきげん》なのは、寝入りばなを起こされたからだけではない。

「おい」

「出なくていい。どうせ相手はヨシュアだから」

「相手が誰かわかってるなら、余計に出ないとだろう」

「出なくていいと言ったら出なくていい」

高柳自身、駄々《だだ》をこねる子どものようだという自覚はある。

ストレートな物言いのせいもあって、子どもっぽく思われがちだが、高柳は分別のある「いい」大人だ。仕事においてはかなり優秀な部類に入るのは、ウェルネスのアジア部門を任されていたところからも明らかだ。

そんな高柳だが、元上司であり大学の先輩でもあるヨシュア相手には、このところずっと子どものような対応を続けていた。

(でも悪いのはヨシュアだし)

ヨシュアという男は、あらゆるトップに立つべき人間として生まれたのだろう。両親共に日本人ながら、日本には「旅行」でしか訪れたことのないヨシュアは、どんなアメリカ人よりもアメリカ人らしいと高柳は思っている。

日本人離れした外見のせいもあるが、人種的には「日本人」だと思う人はいないだろう。

そのぐらい、思考も言動も日本人ではない。良くも悪くも合理主義で傲岸不遜《ごうがんふそん》な男にとって、彼のそばにいるウェルネスの社員は、ただの「駒《こま》」でしかない。

以前から感じつつも、巨大企業を営むためには、そういう考え方も必要なのだろうと、無理やり自分自身に言い聞かせてきたところがある。

大きな仕事も任せてもらえるし、やり甲斐《がい》も感じていた。が、ここ数年、命の危険を覚える場面が大きくなったのは、ティエンという恋人がいるためだけではない。

投資会社『百眼《バヤン》』の投資家、ジェフリー・ハスタートの引き起こした一連の事件は、ヨシュアを恨《うら》みヨシュアに執着《しゅうちゃく》したがために引き起こされている。それがわかっていながら、ヨシュアはティエンの甥《おい》である黎飛龍《ライフェイロン》ことフェイロン・ライやティエン自身を危ない目に遭《あ》わせた。ティエンはヨシュアに迷惑《めいわく》をかけないようにすべく、高柳には何も言わずウェルネスを辞《や》めていたぐらいだ。

致し方ない部分はもちろん多々ある。すべての責任がヨシュアにあるわけでないことは高柳もよくわかっている。

一番許せないのは、これまでヨシュアが、高柳の忠告にまったく耳を貸してこなかっただけでなく、この期《ご》に及《およ》んでなお、自分の責任を理解していなかったところだ。

一歩間違えていたら、ティエンは死んでいたかもしれないのに。

そこに、これまで膨《ふく》らんでいた不満が加算されて、高柳の堪忍袋《かんにんぶくろ》の緒《お》が切れたのだ。

ヨシュアは当然のことながら、高柳とティエンが恋人同士だと知っている。それにもかかわらず、二人を同じ地域に配属《はいぞく》しない。ティエンも高柳も責任のある立場に昇進したため、ある程度は仕方ないかもしれない。休みの時に会えればそれでも我慢《がまん》できた。が、休みを取ろうにも取れる状況にないほど多忙《たぼう》なプロジェクトを、同時にいくつもいくつも押しつけてきたのだ。

高柳は何度も、ヨシュアに抗議《こうぎ》した。

急成長を果たすアジアという土地が、ウェルネスにとってこれ以上ないほど魅力的《みりょくてき》な場所なのはわかる。だが、どれだけティエンや高柳が優秀だとしても、体はひとつで一日は二十四時間だ。

新しいスタッフを増やすこと、それが無理なら、新規プロジェクトを同時に進めないでくれ――と。

高柳とヨシュアの関係は、大学の先輩後輩という繋がりに過ぎないが、ティエンは少々異なる。香港裏社会を統べる家に生まれながら、諸事情《しょじじょう》で香港にいられなくなったとき、ヨシュアはティエンに「ウェルネス社員」という隠れ蓑《かくれみの》を与えた。

そのためか、ティエンはいまだにヨシュアに対して頭が上がらないどころか、多少無理な頼みでも聞き入れてしまう。ティエン自身、ヨシュアという男を認めているからだと思いつつも、高柳の目から見ればティエンほどの人間がヨシュアに大人しく従っていることが納得いかない。

それでも、自分は自分、ティエンはティエンと割り切ってきた。

だがジェフリーの一件でティエンが命を狙《ねら》われたことで、高柳はウェルネスの退社を決意し、実際に退職する旨《むね》をヨシュア本人にメールで伝えた。

そのあとティエンと「リゾート」地へ向かった。いくつかの場所で過ごし、一度、台湾《タイワン》に向かったのち、またダナン、パタヤ、バリで過ごして、今はフィリピンのセブ島にいる。

リゾート生活を始めてすぐは、気楽さと開放感に満たされていたものの、さすがに今は飽きてきた。

ウェルネス入社後、たまの休暇《きゅうか》以外は日々忙しい時間を過ごしてきた。なんだかんだ言いつつ、高柳もワーカーホリックなのだ。

そしてどうせ働くなら、やり甲斐のある仕事をしたいと思っている。

高柳がウェルネスを退社すると知った知人からは、いくつかスカウトもあった。中でもティエンの異母弟であるジェフリー・ライからは、しつこいほどの勧誘《かんゆう》があった。

仕事内容は当然のことながら「フェイロンの教育係」だ。

今も時間のあるときにはフェイロンの教育係、というよりは遊び友達として過ごしている。

かなり心惹かれる誘いだったが、そこには大きな問題がある。

ティエンと一緒に雇《やと》ってもらえないことだ。

「俺も一緒にフェイロンの教育係に雇ってもらうか。俺の場合は護衛《ごえい》かな」

冗談《じょうだん》めかしてティエンは言うものの、職種以前の難題が控《ひか》えている。ティエンは香港において、故人なのだ。

黎家の後継者争いは、フェイロンの誕生により一段落したとはいえ、彼が子どもである限り、完全に消えたわけではない。それこそ今のタイミングで、香港の覇権《はけん》を狙う輩《やから》が消えては生まれ、生まれては消えているとも言われているらしい。

「もう、いいんじゃないか」

結局ヨシュアからの電話に出なかったティエンは、自分の上に伸し掛かってきた高柳の背中を抱き締めてくる。

つい先ほどまでの、互いの欲望を煽り立てるような抱き方とは違う、落ち着かせてくれる優しさに溢れている。

「お前だって、本気でウェルネスを辞めるつもりじゃないんだろう？」

ティエンの言葉に、高柳はむくりと頭を上げる。

「その言い方は違う。本気で辞めるつもりはある。だがヨシュアが僕の意見を聞き入れるなら、戻っても構わないと思っているだけだ」

「ああ、そうだな。悪かった」

「ティエンだって今回の件ではヨシュアが悪いとわかってるだろう？　それなのに簡単に許せるわけ？」

「俺の場合は許す許さないというのとは違うからな」

「それは、香港から逃げざるを得なかった君を、受け入れてくれた恩《おん》があるから？」

「それも否定はしない。が、企業のトップに立つ人間なら、多少はやむを得ない部分があると思っているはヨシュアに優しすぎる」

「テはティエンの胸を押し返した。

「そんなつもりはないんだが」

自覚がないのは性質《たち》が悪い。

「わかってる？　ティエン、君、死にかけたんだよ」

「俺の場合、死にかけたのは今回が初めてじゃないからな……」

「ティエン！」

そのたびに高柳は胸が潰《つぶ》れるような想いをしている。

「悪かった。今のは失言だ」

「冗談でも二度と言わないでくれるかな」

目の前でティエンが死ぬかもしれない場面は見たくない。いつもは強気な高柳でも、泣き出したい衝動《しょうどう》に駆《か》られる。

だがぐっと堪えた。

「まあ、長く休んでるのも飽きたから、少しぐらいヨシュアの話を聞いてもいいかなとは思い始めている」

高柳は改めて自分のスマホを開く。そして新しいメールに気づく。

「あ、翔太《しょうた》くんからメールだ」

「ショウタ？」

「遠藤翔太《えんどうしょうた》くん。先生の建築家の」

高柳が言うとティエンの右眉が上がる。

先生こと劉光良《リュウグォンリョン》は、ティエンのすべてにおける「先生」だった。さらにティエンの母親の弟でもあった先生は、ティエンに纏《まつ》わるあらゆる災厄《さいやく》を、すべて己が被ってこの世から去ろうとした過去を持つ。あえてティエン、というより黎家と対立する立場になったため、表立って
その後ティエンとは接点を保てない状況にある。

しで、上海の裏社会を統べる李家や、漢民族《かんみんぞく》から構成される客家《ハッカ》の侯《コウ》などの後ろ盾《だて》も得て、顔を合わせるようになった。さらに今や、新しい龍、フェイロンにも帝王学を教え込んでいる。

高柳にメールを送ってきた遠藤翔太は、そんな先生の「恋人」なのだとティエンから聞いた。

上海のレオンの友人で、かつ建築家である遠藤と風水師《ふうすいし》の劉は、いくらでも出会う機会はあっただろう。

だが、ティエンはどうも気に食わないらしく、遠藤のことを高柳に教えてくれたときも微妙《びみょう》な様子を見せていた。

「お前、あいつと名前で呼び合うような関係なのか？」

おまけに「あいつ」呼ばわりだ。

「香港で一緒に仕事したときから、友達。君は知らなかったみたいだけど」

ちなみに高柳も、遠藤が先生の「恋人」だと知ったのはつい最近の話だ。遠藤自身と「先生の恋人」がまったく結びつかずにいた。

「……そうだったのか」

「ティエン、翔太くんに嫉妬《しっと》してるでしょ」

「俺が嫉妬？　なんで」

「先生を取られたから」

「な……っ」

軽く揶揄《からか》うだけのつもりが、ティエンが予想以上に動揺したのを見て、なんだか笑ってしまう。

かつての先生は、ティエンの存在を生きる証《あかし》にしていた。他のことはどうでもいい。それこそ己の命すらぞんざいに扱《あつか》っていた先生に、恋人と呼べる存在ができたと知ったとき、ティエンは戸惑《とまど》いながらも喜んでいた。

が、それはそれ、これはこれなのだろう。

「何がおかしい?」

「ティエンのそんな慌《あわ》てた様子、見るの、初めてだなと思って」

「別に慌ててなどいない。それより遠藤の奴がなんでお前にメールをしてきたんだ?」

ティエンは無理やり話題を戻してきた。

「あ、ああ……台北《タイペイ》で、翔太くんがデザインを手がけたビルの竣工《しゅんこう》記念のパーティーがあるらしい」

「へえ」

「すごいよね、翔太くん。最近、アジアだけじゃなくてヨーロッパからもデザイン依頼が入ってるみたいなんだ。前回、僕が台北に行ったときは、アメリカに行ってたらしくて会えなかったんだよね。ウェルネスとも新しい仕事をしようかと話してたんだけど……」

そこまで言ったところで高柳は「そうか」と気づく。

「ヨシュアを台北に呼び出せばいいんだ」

「なんでそうなる？」

「一石二鳥《いっせきにちょう》。いい考えだ」

高柳は急いでヨシュアにメールを書いた。

「……台湾に来るなら話をする——と。送信。というわけだから」

ティエンに言うと、「は？」と聞き返される。

「何が、『というわけ』なんだ？」

「当然、君も台湾に行くことになるから」

高柳は起き上がった。

「って、あんまり乗り気じゃない？」

表情を見て確認すると、ティエンは肩を竦《すく》めた。

「乗り気じゃないわけじゃないんだが……もう少しここでゆっくりしてからで良くないか？」

「なんで」

「レオンからさっき連絡があった。反黎家の残党《ざんとう》を台湾で見かけたらしい」

「レオン、台湾にいるの？」

「どうやらあいつに呼ばれたらしいな」

「あ、翔太くんと友達だしね」

そこまでの話を高柳はざっと考えた。

とりあえず台湾に行くのは自分だけでも話は済む。

ヨシュアと話をせねばならないのは高柳だ。遠藤とウェルネスの件も、高柳がいれば話はできる。

反黎家の残党が集まっているのであれば、ティエンが台湾へ行くのを躊躇《ためら》う気持ちはわからないでもない。

「わかった。僕、一人で行く」

「なんでそうなる？」

が、高柳の結論に、ティエンは納得がいかないらしい。

「たった今、俺も台湾に行くことになると言ったのはお前だろう？」

「でも行きたくないんでしょ？」

高柳が確認する。反黎家の残党に狙われる可能性があるなら、ティエンが躊躇するのも当然だ。だが、ティエンの場合、案じているのは己の身ではない。自分と一緒にいることで危ない目に遭うかもしれない高柳のことだ。

「行きたくないわけじゃない。少し時期をずらせば……」

「少しってどのぐらい？」

「そうだな」

と、ティエンは指を折る。

「一か月」

「却下《きゃっか》」

高柳は、ばっさり切り捨てた。

「なんで」

「言っただろう？　翔太くんが手掛けたビルの竣工記念パーティーに招待されたって。それは三日後なんだよね」

「三日後？　さすがにあのヨシュアが、急に予定を空けられるわけがないだろう」

ティエンはさらに、ヨシュアを擁護《ようご》する発言までしてきた。

「いいよ。来られないなら来られないで、会わないだけの話なんだから。僕が台湾に行くのは、あくまで翔太くんに会って御祝いするためだから。たまたまヨシュアがそのタイミングで台湾に来ているなら、話を聞いてあげてもいいかなと思っただけだし、ティエンが台湾に行く時期をずらしたい理由もわかるし」

もちろんヨシュアが台湾に来なければ、遠藤とウェルネスの仕事の話も進められない。だが、それは遠藤にとってというよりも、ウェルネスにとってマイナスになるだけのことだ。

もし遠藤と個人的に仕事の話ができるのであれば、どこか自分を雇ってくれる会社を探そうと高柳は漠然《ばくぜん》と思った。

ティエンは心配に及ばない。なんとでもなる。

（僕自身も、ここで踏ん切りをつけるべきだ）

ウェルネスに戻りたいという未練を断ち切る。

ヨシュアがウェルネスから離れることはあり得ない。というか、ヨシュアのいないウェルネスは魅力的に思えない。

だからといって、妥協《だきょう》してウェルネスに戻ったところで、同じような理由でヨシュアに苛立ちを覚えるのは間違いない。

「智明」

腕を引っ張られ、高柳はベッドに引き戻される。ティエンは当たり前のように、仰向けの高柳を組み敷いた。

「何を考えてる？」

ティエンに問われて「別に」と答える。

「嘘《うそ》つけ」

が、ティエンは高柳の鼻をぎゅっと摘《つま》んでくる。

「何年一緒にいると思う？　お前がそういう表情をするときは、絶対良からぬことを考えているときだ」

「すごいな、ティエン。僕のこと、よく見てくれてる」

揶揄《やゆ》するわけではなく、本気で言ったつもりだ。しかし、ティエンにはかえって誤魔化していると思われたらしい。

「何を企《たくら》んでるか言え」

「だから、別に……」

摘んでいた鼻を解放された代わりに顎を摑まれ、かぶりつくような勢いで唇を塞《ふさ》がれる。

「んっ」

かなり強引に舌を絡《から》められ強く吸われる。

激しく絡み合っていたのは、ついさっきだ。完全に冷めていない熱を、無理やりバスタブの中で紛らわしたようなものだ。

だからこんな風にまた濃厚《のうこう》にキスをされてしまうと、すぐに体も心も準備万端《ばんたん》になってしまう。

（あー、もう、情けない……）

足の間でもぞもぞと反応してしまう己の欲望を、高柳はなんとか抑《おさ》えようとした。

だがティエンはすぐに気づいて、そこに手を伸ばしてくる。

(や……あ、そんなにされたら……)

柔《やわ》らかく包まれ、先のところを指で弄られると、それだけで脈が高鳴ってしまう。

「んー、んーっ」

膝を立てたり伸ばしたりして懸命にやり過ごそうとするが、そんな動きを遮《さえぎ》るように、ティエンは体重を移動させた。

それでも高柳は渾身《こんしん》の力でティエンから逃《のが》れた。

「こんなことしても、喋らない、から」

だが、キスから逃れても体は逃げられない。

すぐにうつ伏せにされ、あっという間に腰を掲げられて膝立ちにされてしまう。

そして尻の狭間を拡《ひろ》げられ、滑った物が押し当てられる。

「ティエン……もう、や……」

「こんなにひくつかせて、嫌《いや》だじゃないだろう」

「喋らない、で……あっ」

見なくても自分の体だ。今そこがどんな風に反応しているか容易《ようい》に想像できてしまう。

襞が捲《めく》れ上がり、熟れて充血した内側が、唾液《だえき》のせいだけでなく濡れているに決まっている。

舌でも指でもないものが欲しくて、疼いている。

さっきと同じように、そこを擦ってほしい。激しく貫《つらぬ》いてほしい。

頬《ほお》をシーツに押しつけ、恥ずかしい言葉を口にしそうになる口を手で覆《おお》う。それでも後ろに突き上げた腰は、浅ましく左右に揺らめいてしまう。

足の間の欲望は、巧みなティエンの手技であっという間に昂ぶって、小刻みに震えながら、また熱を溜めてしまっている。

「言わないと、いつまで経ってもお前の欲しいものはもらえないぞ」

軽く尻を叩《たた》きながら、ティエンが後ろから聞いてくる。

「いいのか。すぐにでも挿れてくれって、ここは訴えてるぞ」

縁《ふち》を指でなぞられると、それだけでぎゅっと収縮してしまう。だが欲しい物がないことで、もどかしさが下腹に広がっていく。

「我慢できないのは、僕じゃなくてティエンじゃないの？」

欲しいと言いたい気持ちは堪え、挑発的《ちょうはつてき》な言葉を向ける。

「ったく、てめえは……」

苦笑したティエンは、そのまま一気に高柳に猛った物を突き立ててくるかと思った。だが、そこで高柳から離れてベッドを下りる。

「ティエン」

「散歩してくる」

脱ぎ捨てていた膝丈《ひざたけ》のパンツを素肌に履き、シャツを羽織《はお》ると、そのままティエンは部屋を出て行ってしまう。

呆然《ぼうぜん》としかかったところで、高柳のスマホがメールの着信を知らせてきた。

3

「建築家・遠藤」といえば、著名《ちょめい》な建築家である「ヨシノブエンドウ」だった。

日本ではもちろん、美術館などを建築し、数年前にはオリンピックスタジアムの設計も担当したことで、世界的にも名前を馳《は》せていた。

しかしここ数年で、代替わり、ではないが、急激に有名になった「遠藤」がいる。

それが、遠藤翔太だ。

ヨシノブエンドウの愛人の子の遠藤は、父親から建築に関するすべての才能を受け継いだ。

それだけでなく、独自の感性を合わせ、新進《しんしん》の建築家として数多くの作品をこの世に生み出してきた。

香港、上海、台湾、北京《ペキン》――アジアの近代的な都市開発を行う大きなプロジェクトが立ち上がるときには、必ず遠藤翔太の名前が挙がる。

実際、彼の作品はいまだ、完成よりも「建築中」の物が多い。にもかかわらず、次から次に彼に依頼が入るのは、遠藤がアジアの個々の文化に敬意を払い、その真髄《しんずい》を理解した上で、求められる以上のデザインをこの世に生み出すからである。

決して「デザイン」だけではない。彼の父親がそうであったように、その建築物は「人」が利用することを常に意識している。

デザイン性を保ちながら、実用性も併《あわ》せ持ち、コスト面でも優秀なのだ。さらに、遠藤という人間性も評価の高い理由に数えられる。

スポンジみたいになんでも吸収《きゅうしゅう》する柔軟性《じゅうなんせい》があり、とにかく人好きのする生真面目《きまじめ》な日本人なのだ。

そしてもうひとつ。

遠藤を引き入れることでおまけのようについてくる、超絶《ちょうぜつ》幸運なことがある。アジアにおいて、最高峰《さいこうほう》と称される風水師、劉光良の意見が聞けるのである。

陰陽《いんよう》五行《ごぎょう》思想《しそう》を基本にし、自然界の流れを理解し、悪い気を避け良い気を取り込むことを目的とした「風水」は、アジア、ことに中国圏において絶対だ。

気の流れが悪いからと、ビルに穴を開けたり、計画自体が流れることもある。その大切な風水の、いわばトップの劉は、遠藤と知己《ちき》の関係にある。そのためか、遠藤のデザインには、常に劉の意見が取り入れられているのだ。

とはいえ、劉が表に出てくることはなく、あくまで遠藤個人のオブザーバーに過ぎない。だから劉個人に計画に参画《さんかく》してもらいたければ、別途、依頼をする必要がある。

だが、様々な国や地域の元首からも信頼の篤《あつ》い劉に、容易に仕事を依頼できるわけもない。

しかし遠藤に頼めば、なんらかの劉の意見が入る――というわけで、遠藤個人の人気と実力に加え、遠藤自身には関係のない部分からも人気が高まってしまったのである。

もちろん遠藤は劉の七光りが影響《えいきょう》していることは承知している。そしてそれを当然と受け入れている。

なぜならば、劉という人間の凄さを、他の誰より遠藤自身が理解しているからだった。

そんな遠藤が関わった台北のプロジェクトの、第一弾であるビルの竣工記念パーティーに参加すべく、高柳は台湾を訪れた。

遠藤と高柳が初めて出会ったのは、ここ台湾だ。当時の遠藤はまだ今ほどの名声はないながらも、レオンを介在《かいざい》した上海の仕事をこなしていたため、絶大の信頼を寄せていた。

そして実際に仕事を進めたら、そのやりやすさに驚《おどろ》かされた。

とにかく物事の考え方が柔軟で、あらゆる要望を取り入れ、叶える術《すべ》を心得ていたのだ。

クライアントが基本を求めれば基本を、アレンジを好めばアレンジを。コスト計算もできていて、斬新《ざんしん》なデザインの場合でも、いくつかのパターンを提示してくれる。

おそらく遠藤は、どんな仕事の場面でも同じように取り組んでいたのだろう。

独自性を前面に押し出しつつ、その国々の文化や歴史的背景にも敬意を払うところも、遠藤が好かれる理由のひとつだろう。

「すごいデザインだなあ」

目の前に聳《そび》える建築物を眺めて、高柳の口から思わず言葉が零《こぼ》れ落ちてきた。そのぐらい「すごいデザイン」なのだ。

エリア信義《シンイー》地区は、日本で言うところの銀座のような一等地で、地上一〇一階建ての超高層《こうそう》ビル、台北101《イーリンイー》が有名だ。ちなみに台北101は二〇〇七年にドバイ首長国のブルジュ・ハリファが出来上がるまでは、世界一の高層建築物の記録を誇《ほこ》っていた。

その建物にほど近い場所に位置する陶朱隠園《タオジュインユェン》は、地下二階から最上階の二十一階までが最高級の分譲マンションだ。そのマンションを見上げた高柳は、改めて感動した。

「翔太くんから見て、このマンションはどう見える？」

高柳は隣に立つ建築家の肩書を持つ男に聞いてみた。日本人相手に日本語を話すのは久しぶりでなんだか懐《なつ》かしい。

「そうだな」

細い顎に手をやった遠藤翔太は、真剣《しんけん》なまなざしを目の前の建物へ向ける。

同じ日本人ながら、高柳よりも筋肉質な体つきで、上背《うわぜい》もある。そのせいか、健康的で典型的な日本人タイプの背広を着込んだ遠藤からは、陽の空気が溢れている。

同じように背広を着ている高柳も、似たようなものだ。竣工記念パーティーに出席するために背広を持ち歩くのが面倒で、着てきてしまっただけのことだ。

ドレスコードは特に指定されていないが、開催場所がホテルの宴会場である以上、最低限のマナーは守りたい。

「良く考えて作られていると思う」

「歪みを？」

「歪みと言うか、日当たりやらエコやら、諸々《もろもろ》」

「そうなんだ」

「少しずつ角度が違うことで、どの部屋にも陽射しが当たるように作られている。とりあえず初期段階は」

「ということは、今は違う？」

「多分、俺の携わったビルが建ったことで、当初の予定より日照時間は変化しただろうと思う」

正直な返答に、高柳は思わず「そっか」と驚きの声を上げる。

「言っておくが、違法じゃないから。事前にありとあらゆる交渉《こうしょう》をした上で契約が為《な》され、デザインも最終的に決定するまで、何稿になったか覚えてないぐらいだ」

遠藤が大きなため息を吐くのを見て、大変な仕事だったのだろうことが容易に想像できた。そのぐらい、遠藤の携わった高層ビルは異彩《いさい》を放っていた。

高さだけを言えば、それほど目立つわけではない。しかし美しい流線型を用いた、台湾の街《まち》並《な》みに溶《と》け込むデザインは、日本人の遠藤ならではかもしれない。

地上二十階まではテナントとして企業等が入り、そこから上は世界的に有名なホテルチェーンが入っている。

利便性とデザイン性の双方を活かし、未来的でいてかつレトロ感も漂《ただよ》う。

この建物のクライアントは、客家の侯の知り合いの、台湾在住の資産家だ。まだ完成していないが、香港のベイサイドプロジェクトのデザインを見て、何がなんでも台湾にも遠藤のデザインした建築物を作りたいと切望したことから始まった。

結果、風水も取り入れ、クライアントの要望も極力織《お》り交《ま》ぜた見事なビルが出来上がった。

「お疲れ様」

改めて労《ねぎら》いの言葉を口にすると、遠藤は素直に「ありがとう」と応じた。

「それより、突然の誘いだったにもかかわらず、来てくれて本当にありがとう。前回、台北に来たときに会えなかっただろう。だから、今回会えて本当に嬉しい」

中華民国、台湾の中心都市である台北は、中華民国の直轄市《ちょっかつ》であり、アジア屈指《くっし》の世界都市とも言える。太平洋高気圧の影響を受ける亜熱帯《あねったい》に位置するが、日本と同じく四季はある。しかし一月でも平均最低気温は十三度で、温暖な気候と言えるだろう。

超のつく近代的な建築物が次から次に建設される一方、いまだ古い時代を思い起こさせる夜市が賑《にぎ》わう、独特な文化が発展している。

アジア特有の、おもちゃ箱をひっくり返したかのような猥雑さは、香港と似ている。だがどことなくノスタルジーのようなものが呼び覚まされるのは、かつて日本が統治《とうち》した歴史のせいだろう。

「でもまさか、こんなに早く台北に来るとは思わなかった」

「突然で驚かせてごめん」

高柳は肩を竦める。

「スーツ着てるってことは、仕事中だったんじゃないの？　とりあえず連絡だけして一人で観光しようと思っていたのに」

「こちらから誘って来てもらってるのに、そんなわけにはいかない」

遠藤は笑った。

「仕事中だったのは間違いないが、竣工記念関連の話だ。高柳から連絡もらって大急ぎで打ち合わせ終わらせたから大丈夫」

「ごめん。ありがとう」

「こちらこそだ」

遠藤からメールをもらったのは二日前だ。その日のうちに三日後に行われるパーティーの出席の連絡を済ませ、翌日に台北に向けてセブ島を出た。

ちなみにヨシュアにも連絡はした。

高柳が台湾に滞在《たいざい》中に、「偶然」出くわしたら、話をするのはやぶさかではない、と。

ちなみにヨシュアからの返事は「検討《けんとう》する」とのこと。

あの多忙《たぼう》極まりない男に、本当なら突然台湾に来る余裕があるとは思えない。

だがこれが最後のチャンスだ。本気で高柳とティエンを引き止めたいのであれば、意地でも台湾に来い、と、高柳は思っている。

おそらくヨシュアもそれは理解しているに違いない。だからこその「検討する」という返答なのだ。

「……ぎ、高柳」

呼ばれる自分の名前に高柳はハッとする。

「大丈夫？ 疲れた？」

「いや、大丈夫。ちょっと考え事してただけで」

「そう？ それならいいけど。でもまさか、一人だとは思っていなかった」

「どういうこと？」

「言葉のまま。レオンから、高柳は今、ティエン・ライと一緒にいると聞いていたから」

戸惑《とまど》った様子で言われて、高柳は肩を竦めた。

「うん、まあ、そうなんだけど。多分、ティエンも来ると思うんだ」

いつかはわからないが、という言葉はあえて口にしない。

「僕ら、同じウェルネスに勤めてはいても、それぞれの担当部署があるし……」

「ウェルネス、辞めたんじゃないのか？」

咄嗟に誤魔化そうとしたが、遠藤は退社の事実を知っていた。だがどうして知っているのか、理由は尋ねなかった。

遠藤は先生の恋人だ。ティエン曰《いわ》く。

先生とティエンは、今も違う形で繋がっている。ティエンの失踪《しっそう》事件のときには先生の力も借りている。

「どこまで先生から聞いてる？」

高柳が逆に尋ねると、遠藤は視線を彷徨《さまよ》わせる。

「あ、の……、車に戻ろうか。話はそれからにしよう」

「わかった」

遠藤の提案に、高柳は同意した。


遠藤から連絡をもらった翌日、高柳はティエンが寝ている時間に、パスポートだけを手にホテルを抜け出した。

ありがたいことに、セブ島から台北までは飛行機の直行便があった。夜のうちに予約をした便に乗り込むとき、遠藤に連絡を入れたら案《あん》の定《じょう》驚かれた。それでも台北の空港まで迎えに来てくれたのだ。

「本当にタイミング良かった。パーティーの打ち合わせが終わった後は、たまたま一日空いてたんだ」

自分で運転する車で空港まで迎えに来てくれた遠藤は、一日、高柳につき合ってくれるという。運転する車は高柳も慣れ親しんでいる日本車だった。外国車も乗ったらしいが、やはり一番燃費が良くて運転しやすいのは日本車だったようだ。

どこへ行きたいかと問われて、咄嗟に思い浮かんだのは、九份《ジウフェン》とランタン飛ばしのできる十份《シーフェン》の二箇所だった。

「まさか、いかにもな観光地に行きたいとは思ってもいなかった」

遠藤は改めて高柳に驚きを伝えてきた。

「台湾には仕事も観光も合わせて何度も来てるんだろう?」

「台北にはね」

窓《まど》から見える外の景色を眺めながら高柳は応じた。

「長期でいるときは仕事ばかりだし、旅行に来ても小籠包《ショウロンポウ》食べてタピオカ飲んで、パイナップルケーキと烏龍茶《ウーロン》買って帰るだけだった。また来られると思ってたし」

特に今回挙げた二箇所は、テレビの旅番組や映画、ドラマで目にしてから、いつかはと思っていた。

「でも、いつかはと思ってるだけじゃ観光はできないなと、改めて痛感している」

「確かに、俺も誰かが来たときしか観光しないいな」

「先生とか?」

ふっと思い浮かんだ人を挙げると、遠藤はわざとらしく咳《せ》き込んだ。

「それは、ない、かな」

そして否定する。

「しない？」

「あの人が呑気《のんき》に観光するような人だと思うか」

先生は、独特の雰囲気《ふんいき》を放つ人だ。

高柳の知っている先生は、派手な柄の中華服に身を包んでいた。そんな格好《かっこう》が似合ってしまう、匂《にお》い立つような美形だ。唯一無二《ゆいいつむに》の風水師という肩書が、何もかもを許してしまう。

日常を非日常に変えてしまう男には、日常が似合わない。特に、観光している姿はまったく想像できない。

「思わない」

「そう。だから観光するのは、日本の友人が来てくれたときだな」

「あ、ごめん」

咄嗟に高柳が謝《あやま》ると「何を謝ってる？」と不思議そうな顔をされた。

「翔太くん、もう何度も行ってる所だよね。つき合わせてしまっていいのかな」

「何を今さら」

遠藤は笑った。

「確かに場所には何度も行ってる。でも高柳と行くのは初めてだろう？　一緒に行く人が違えば印象も違うから、楽しみだ」

「そう言ってもらえると嬉しい」

高柳が行きたいと言った観光地、九份は、九份老街《ジウフェンラオジエ》という、台湾北部の山間にある街だ。

元々は鉱山開発で発展した街だが、閉山に伴《ともな》い廃《すた》れていった。だが、中国映画のロケ地として台湾内で有名になり、観光地化されていったのち、アニメ映画に出てくる街並みに似ていると、日本人観光客も押し寄せる場所となったそうだ。

写真などでも伝わる、「老街」の名の示すとおり、レトロな街並みや風景が有名だ。

台北からは車で一時間程度で辿《たど》り着く。週末だと台湾各地からも観光客が押し寄せるものの、今日は思っていたよりも人が多くないのかもしれない。

「夕方とか夜に行くと、独特の雰囲気が見られていいんだけど」

「贅沢は言いません」

今回はとにかく、九份に行くことが観光の目的だ。

車を基山街《ジーシャンジエ》に置いて、徒歩で街の中を散策する。細い通路の両脇《りょうわき》には、所狭《ところせま》しと赤い提灯《ちょうちん》を提《さ》げた露店《ろてん》が軒《のき》を連ねている。

「お腹すいたなあ……」

「茶芸館にでも入って軽く食べようか」

「ぜひ」

高柳は元気よく返事をするが、露店は露店で何か食べたいと思ってしまう。強い香りに惹かれて行くと、臭豆腐《チョウドウフ》が売っていたが、後ろから遠藤に引っ張られた。

「こっち行こう」

促《うなが》されるまま向かった場所は、景色がよく、センスの良い茶器を使用している茶芸館だった。美味しい烏龍茶とケーキを堪能《たんのう》してから、再び観光に戻る。まるで迷路のような道を遠藤は慣れたように歩いていく。

「よく迷わないね」

「観光地のルートは決まってるからね。周りに合わせて歩いていれば、さすがに迷わないと思うけど……」

と、遠藤は振り返るが、高柳は思わず肩を竦めてしまう。

「え、何。高柳は迷うのか？」

「余裕で迷えると思う」

強く断言してしまう。自慢《じまん》ではないが、迷子は得意だ。地図を覚えるのは得意だが、いざその地図を基《もと》に目的地まで歩こうと思うと、なぜか迷ってしまう。

「じゃあ、しっかり手を掴んでおこうか」

伸ばされた手をほんの少し照れながらも摑んで、九份のシンボルとも言える階段へと辿り着く。と、一体どこにこれだけの人がいたのかと思うほど人が押し寄せていた。

「あ、ここか。写真でよく見る場所は」

古い木造建築の茶芸館だ。

「夕方になると提灯が灯《とも》って独特な雰囲気に包まれる」

段差のある場所に密集した、全体的に赤っぽい街並みが、さらに赤く染まるのだ。が、実際に歩いてしまうと、ただの古い町並みに過ぎない。

「写真、撮らなくていいの」

「あ、うん。じゃあ、一緒に」

高柳は自分の持っていたスマホで、遠藤と一緒に入るように一枚写真を撮る。そしてその写真を遠藤のスマホに送る。

「なんか新鮮《しんせん》だな」

二人並んで撮った写真は、二人してスーツ姿のせいで、研修旅行で訪れた日本人のサラリーマンのようだ。

「俺も何度もここに来てるけど、自分の写真を撮ったことはない」

「風景写真なら、ポストカードや写真集買ったほうが綺麗《きれい》なのあるからさ、僕はできるだけ人を入れて撮るようにしてる。そのほうが記念になるし記録にもなる」

「記念になって記録にもなる、か」

高柳の撮った写真を眺めながら遠藤は呟き、スマホの操作をしている。

「なんて言っても、僕も滅多《めった》に撮らないんだけど」

カメラロールの中にある写真の大半はフェイロンだ。まさにフェイロンの成長記録と化した中に、ティエンの写真は僅かしかない。

(これからはティエンと一緒に写真を撮るようにしよう)

多分、ティエンは嫌がるだろうが、なんだかんだ言っても高柳の望みを無下《むげ》にはしない。結局ティエンは高柳に甘い。

高柳は久しぶりに撮った写真を、無意識にそんな自分に甘いティエンに送ろうとする。が、ここには黙《だま》って来ていることを思い出して途中でやめる。

ティエンからはまったく連絡がない。高柳が一人で台湾に行ってるだろうことは、あのときのやり取りを考えればすぐに想像できる。

「そういえば、聞かないね?」

再び車に戻ってから、高柳は遠藤に語り掛ける。

「何を?」

「どうして僕が一人で来ているのか」

「ああ……」

運転席の遠藤は苦笑する。

「聞かなくても想像つくから」

「先生に聞いてるから？」

わざと少し意地の悪い質問をするが、遠藤は表情を変えない。

「違う。レオン」

そういえば、高柳がティエンと一緒にいるのを、レオンから聞いたと言っていた。

「劉さんとは、そんなにしょっちゅう連絡を取ってるわけじゃない」

感情を込めない返答に、「そうなんだ」と高柳が驚かされる。

「俺は最近、欧米の仕事が増えたし、劉さんはアジア専門。最近は侯さんやフェイロンと一緒にいることが多いからか、俺から連絡取ろうとしてもなかなか捕まらない。逆に劉さんから連絡もらっても、時差の関係もあって俺が電話に出られないことも多いし」

「……寂しくない？」

真顔で問うと遠藤はふわりと笑った。

「同じこと、高柳にも聞こうか」

「僕は……寂しかった、かな」

躊躇いつつも答える。

「本当に？」

しかしさらに問われると、肩を竦めた。

「仕事が忙しいときには寂しいなんて思わなかった」

正直に明かすと遠藤は頷いた。

「俺も同じ。多分、俺の人生にあの人は、絶対に必要なわけじゃないんだろうと思う」

「……え？」

突然明かされる言葉に、高柳は思わず運転席に思い切り体を向けてしまう。

「な、んで？　本気で言ってる？」

「本気。逆に劉さんにとっても、俺という人間は絶対に必要なわけじゃないと思う」

「そんな……」

「でも」

抗議しようとする高柳の言葉を遠藤は遮ってくる。

「いてくれることで、人生は潤《うるお》うし、鮮《あざ》やかに彩《いろど》られたし幸せになった。劉さんも同じ気持ちでいてくれたらと思ってる」

続けられる説明に、高柳は言おうとしていた言葉を呑み込んだ。

「一緒にいられたらと思うし、いたいと思わないわけじゃない。劉さんとの関係が生まれてから最初の頃は、会えない時間が辛《つら》くて、全部捨てて劉さんのところに行きたいとも思った」

「でも、行かなかった？」

「行ったよ」

あっさり遠藤は新たな秘密を明かす。

「行ったんだ！」

予想外の行動に驚かされる。

「行った。我慢できなくて。劉さんはそんな俺につき合って何日か一緒に過ごしてくれたけど、最後の日に言われた。別れようか、とね」

遠藤の立場を自分に置き換えた瞬間、背筋に冷たいものが走った。

ティエンにも、似たようなことは何度も言われている。高柳から去るように仕向けられたことも、一度や二度ではない。

そのたびに高柳は怒り、ティエンにしがみついた。二人が別れることで辛いのは、高柳よりティエンだ。

そのうちにティエンは、今更《いまさら》別れたところで、高柳が安全になるわけではないと知り、ならばそばにいたほうがましだと考えるようになった。

先生もある意味、ティエンと同じだと思ったが、違ったらしい。

「はっきり言われた。俺のことは大切だし愛していると。でもいざとなったとき、劉さんには己より優先すべきものがある。そんなとき、俺がつらい目に遭うのは間違いない。だから別れたほうがいい、と」

「でも、別れなかった」

「別れられなかったというのが正しい。結局、半年後ぐらいに劉さんから連絡があって、元の鞘《さや》。頭がおかしくなるぐらいに抱き合って、それでも足りなくて、お互い別れられないと理解した」

先生と遠藤が恋人同士だと事実として知っていても、当人の口から「抱き合う」と具体的な言葉を聞かされると落ち着かない気持ちになる。高柳の知っている先生と遠藤から語られる先生は、まるで別人のようだ。

「その後も色々話し合った結果、会えたときには次の約束はしない、互いを必要以上に束縛《そくばく》しない、極力連絡を取らないと約束した」

「なんで?」

高柳は驚きの声を上げる。会えないならせめて頻繁《ひんぱん》に連絡を取るのが当たり前だと思う。でも二人の選んだ道は真逆を進んでいる。

あまりに切ない取り決めだ。

「二人の関係をこれからも続けるため」

遠藤はほんの少し寂しそうに笑う。

「この先、俺は世界に打って出る。そうなると、プライベートも晒《さら》される可能性がある。俺自身は先生との関係を公《おおやけ》にすることになんら躊躇はないけれど、先生はよしとしていない」

「そんな……」

「俺も最初は戸惑った。でももし君が俺と同じ立場になったら、ティエンは同じようにすると思う」

「それはない」

高柳は即座《そくざ》に否定する。

「どうして断言できる？」

「そうなる可能性が生まれる前に、お互いにその道は選ばないから」

世界的な企業で働いている高柳と、世界的に有名な遠藤。まるで立場が違う。

しかしティエンと出会ったあとであれば、高柳はその立場は絶対に選ばない。ティエンに何を言われようとも、だ。

「ただそれはあくまで僕の話。君と先生の関係とは違うだろうとはわかってる」

「そう、違う。俺たちにはこれが正しい選択《せんたく》なんだ」

遠藤は儚《はかな》い笑みを浮かべる。

「俺たちの縁《えん》は切れていない。俺は今も劉さんを愛しているし、劉さんも同じだと思う。そこは揺るぎない。次に会えるときを楽しみにしている」

高柳がどうこう言える話ではないのだろう。

「ごめん」

「どうして高柳が謝るのか、わからないな」

「うん。そうだよね。でも、ごめん」

それでも、他愛もない理由でティエンを置いてきてしまった自分が勝手に思えて、遠藤に対する申し訳なさが募《つの》ってくる。遠藤に伝えるべき言葉を失って高柳がうなだれていると、遠藤のスマホに着信があった。

「あ、と。ごめん……」

遠藤は高柳に断ってから電話に出ると、手短に会話を終わらせた。

「高柳。突然だけど、十份に行く前にちょっと寄り道をしてもいいかな？」

「別に構わないけど」

台北以外まったく不案内な高柳は、遠藤にすべてお任せだ。

「近くに、日本のガイドブックではあまり紹介されていないけど、穴場的なオススメのお寺がある」

「へえ。それならぜひ」

重くなった空気を変えようと思ったのか、遠藤の提案に高柳は乗った。その寺はどこにあるのかと聞こうとしたが、窓から外を眺めていたらあっさりわかった。

遠目にもわかるほど、豪華絢爛《ごうかけんらん》で鮮やかな金色の屋根が、鬱蒼《うっそう》とした木々の中、突然に浮き上がってきたのだ。

「あそこ？」

「そうだ。瑞芳青雲殿《ルイファンチンユンディェン》というお寺だ」

山の中腹の広大な敷地に、とてつもなく豪華な建造物がある。

九份からも車でかなりかかることを考えれば、交通の便も悪いだろう。そんな場所ながら、敬虔《けいけん》な信者が多く訪れていて、香から立つ煙《けむり》のために辺りが白く濁《にご》って見える。

朱塗《しゅぬ》りの煉瓦《れんが》造りの屋根には、数え切れないほどの龍の彫刻《ちょうこく》が飾《かざ》られている。ティエンのせいか「龍」には縁を感じていて、置物やお守りなど、見つけるとつい購入するようになっていた。当然、写真も撮ってしまう。

しかし、これだけあると首が痛くなりそうだ。

「翔太くん。屋根、すごいね……」

高柳は、前を歩いているはずの遠藤をスマホ越しに眺めた、つもりでいた。しかしカメラに映り込んでくる人の姿に、慌ててスマホから顔を上げる。

「ティ、エン……」

有り得ないと思いつつも、そこにいるのは間違いなくティエン・ライと、レオン・リーだった。

4

元宵節《げんしょうせつ》——旧暦の元日にあたる春節より数えて十五日目にあたる日に、吉祥《きっしょう》や邪気払《じゃきばら》いの意味を込めて提灯を灯すイベントが元々台湾にはあったという。ここから様々な願いや祈《いの》りを書き込んだ「天燈《ティェンドン》」と呼ばれる紙製のランタンを、熱気球のように空に飛ばす儀式が生まれたらしい。

夜の空に、人々の願いを込めた無数のランタンが飛んでいく様を初めて映像で目にしたとき、いつか実際にその光景を見てみたいと高柳は強く願った。

しかし何度も台湾に訪れているにもかかわらず、儀式の行われるタイミングには合わずにいた。

そんなランタン飛ばしを、一年中体験できる場所があると知ったのはつい最近のことだ。それも観光地で有名な九份の近くで行われていると聞いて、これはぜひ次に台湾に行くときには足を運ばねばと思っていた。だから今回、どこに行きたいかと遠藤に尋ねられたとき、即座に「ランタンを飛ばしたい」と言ったほどだ。

「ホント、偶然だったんだ」

青雲殿の観光を終え、車に乗り込んですぐに、遠藤は言い訳めいた言葉を「あえて」中国語で並べ始めた。

（そんな都合のいい偶然はないだろう）

高柳は内心で遠藤に突っ込みを入れつつ、バックミラー越しに後部座席に視線をやる。

先ほどまで空っぽだった場所に、今は百八十センチを超える長身の男が二人、窮屈《きゅうくつ》そうに並んで座っている。

「九份から移動するとき、電話がかかってきただろう。あれ、レオンからだったんだ。台湾に呼んだのは俺だから来てたのは知っていたが、レオンはレオンで動いていたから、今日どこで何をしているかまでは知らなかった」

そのレオンが「偶然」高柳たちと同じ時間に九份に観光に来ていた。「偶然」青雲殿で会えそうな時間があったため、せっかくなら会おうということになった――らしい。

「へえ……」

高柳は冷めた反応をしてしまう。

黒地に花柄の派手なシャツに、ダボダボのワークパンツを履いたレオンと、細身のレザーパンツにブルゾンを合わせたティエンの二人連れは、遠目から見ても目立っていた。それこそ、青雲殿の豪奢《ごうしゃ》な屋根にも勝るとも劣《おと》らない目立ち方だった。偶然を装《よそお》うには無理がありすぎる。

『レオンからさっき連絡があった。反黎家の残党を台湾で見かけたらしい』

高柳が遠藤から連絡をもらった日、ティエンもまたレオンから連絡をもらっていた。

その連絡ゆえに、ティエンはすぐに台湾行きを良しとしなかったのだ。

もちろん、己の身を案じたせいではない。むしろティエン自身は、すぐにでもレオンと合流したかったに違いないが、高柳のことを心配したのだ。それがわかっていても、高柳は台湾行きを強行した。

ティエンのことだから、高柳が台湾に来たからには、追いかけてくるに違いないと思っていた。自分のせいで躊躇うのではなく、自分を理由にティエンを台湾に来させたかった。

「高柳に内緒にしていたことを怒ってる？　ごめん。驚かせたかったんだ。嬉しかっただろう？　ティエンに会えて」

「そこは俺の名前も挙げてくれ」

高柳よりも先に、レオンが口を挟んでくる。

「久しぶりに会えて嬉しかっただろう？」

と、レオンは前の座席の間にわざわざ身を乗り出して、遠藤の言葉を真似《まね》て聞いてきた。

横を向いたらすぐの場所にあるレオンの顔に、高柳は眉《まゆ》を顰《ひそ》めてぼやく。

「全然久しぶりじゃありません」

ティエンがジェフリーの件で行方不明になったとき、レオンにも協力を仰《あお》いでいる。

レオンはなぜか出会った当初から、何かと高柳を気にかけてくれている。

カリスマと謳《うた》われる彫り師《ほし》ながら、誰にでも墨《すみ》を入れるわけではない上に、相手の希望の図柄を肌に彫るわけでもない。

レオン自身が彫りたいと思う相手であり、かつ、相手の内側から滲み出てくる物でなければ彫らないのだ。

職人というより「アーティスト」という肩書が似合うのは、そんな特殊《とくしゅ》さゆえだろう。

高柳の体に、体温が上昇することで肌に浮かび上がる白粉彫りで龍を描いたのも、高柳がレオンにとって、伝説と化した手法で墨を入れてもいいほどの相手であり、それだけの価値があると思われたということになる。

もちろんあくまでレオン側の話で、その真相は高柳のあずかり知らぬことだ。

「なんだ、その気のない返事は」

レオンは大きな手でくしゃりと高柳の頭を撫でて、豪快に笑う。

「そういえば、お前たち二人してスーツなんか着てるから、日本人のサラリーマンが出張のついでに観光に来てるようにしか見えなかった」

「レオンさんたちは、逆に危ない人にしか見えなかった」

軽口で返すと、レオンは肩を竦める。

「間違っちゃいねえな」

「梶谷《かじや》さんは？　今回来てないんですか」

「なんとか調整してたんだが、どうしても外せない訴訟《そしょう》が入っちまった。だから、申し訳ないと遠藤に伝えてくれと謝ってた」

梶谷の言葉をレオンは遠藤に伝えた。

「梶谷さんから直接メールもらってる。ありがとう。パーティー会場に花を贈ってくれたらしい」

レオンは嬉しそうだ。

「梶谷らしいな」

長めの髪を頭の後ろでひとつに縛《しば》り、目鼻立ちは大きく凹凸《おうとつ》のはっきりした顔立ちのレオンは、ニューヨークを拠点《きょてん》にカリスマと称される彫り師として活躍する一方、上海証券《シャンハイしょうけん》という上海経済の表と裏を取り仕切る巨大企業のトップでもある。

元々はレオンの父親が営んでいた仕事を、レオンは継ぐつもりはなかった。しかし「獅子」

と称されるレオンの存在は、当人が思っていた以上に巨大になっていた。上海で過ごさず、経営に口を出さずとも、ただ「獅子がいる」という事実だけで、国内の他の企業に対してのみならず対外的にも大きな意味を持つ。だからレオンは今も裏の肩書を背負ったままでいる。

そんな、ティエンのことを知るレオンが、高柳の内腿に龍の像を刻み込んだのも、何かの縁だったのだろう。

パーティーに欠席となってしまった、ウェルネス法務部にいた弁護士《べんごし》の梶谷英令《かじやひではる》と恋人の関係にあり、ヨシュアとも因縁《いんねん》がある。遠藤とも上海で一緒に仕事をしたことから、当然、先生こと劉光良とも親しい。

人の縁は異なもの味なもの――本来の意味合いでは、男女の結びつきはとても不思議なものので、うまくできているということを言うらしい。が、昨今、男女以外の関係でも使うらしい。

とにかく、人の縁は不思議だと、改めて思う。その縁の中心にヨシュアがいることに気づいたタイミングで、レオン越しにこちらを見ているティエンと視線が合ってしまう。

つい拗《す》ねて顔を逸《そ》らそうとするが、そんな態度に気づいたのか、レオンに顎を摑まれてしまう。

「痛……」

「あ、そうか。腹、減ってるんだろう」

そして鼻先がくっつきそうな距離でレオンは高柳の目を覗《のぞ》き込んできた。

「な」

「この時間、遠藤と一緒なら多分、せいぜい茶芸館で茶を飲んでるぐらいだろうから、腹を空かせてるはずだとティエンの奴が断言してた」

笑いながら顎でティエンを示したレオンは、背後に置いてあった紙袋を高柳の前に出してきた。

袋を開けると甘い香りが漂ってくる。慌てて高柳はその紙袋を奪うように受け取って中を覗き込む。

「これ、もしかして、ジャンボシュークリーム……」

「と、まだ入ってる」

促されてさらに中を探った。

「芋圓《ユーユェン》だ……」

「さすがに知ってたか、さっき買ったばかりだから、とりあえずシュークリームのほう、先に食うと……って、もう食ってんのか」

レオンに言われる前に、高柳はジャンボシュークリームにかぶりついていた。

九份老街に入ってすぐの場所にある店のシュークリームで、購入すると目の前でシュー皮の中にクリームを入れてくれるのだ。

「これ、タロイモのクリーム？」

「そうだ。ティエンが絶対に高柳にはこれだと言い張った」

レオンに言われてティエンに視線を向けるものの、会話に参加しようとはしない。

「そこの人、僕の好み、よく知ってるよね」

「そこの人って……」

運転していた遠藤が苦笑する。

「あ。翔太くんも食べてみる？　シュークリームは一個しかないけど、タロイモダンゴは二つある」

袋の中に、持ち帰り用の器が二つ入っていた。

「レオンさん。これ、汁粉《しるこ》？　味は何？」

「かき氷にしたんだが溶けててぜんざいになってんじゃないか。味は紅豆と緑豆」

「だって。翔太くん、どっちがいい？」

「どっちって……」

と尋ねると、遠藤は困ったような表情を見せていた。

「あ、ごめん。翔太くん、嫌いだった？」

「いや、そうじゃなく」

「遠藤は台北拠点で仕事してんだ。食べ飽きてるだろう」

「そうか。ごめん。じゃあ、僕、一人で食べようかな」

既にシュークリームは食べ終えた。

タロイモは日本ではあまり知られていないが、台湾ではスイーツによく使われている。日本の里芋《さといも》はタロイモの一種だ。さつまいもやむさらきいもと一緒に小麦粉《こむぎこ》や片栗粉《かたくりこ》と混ぜ込み、棒状にした物を一口大に切って茹《ゆ》でて食す。

かき氷の場合は、氷の上に茹でたてのタロイモ団子を乗せるので、氷があっという間に溶けてぜんざいみたいになるのだ。

高柳はこの、モチモチした食感が癖《くせ》になっていて、台湾に来たときには必ず食べるぐらいに好きなのだ。そのうち日本でも流行するだろう。

が、確かに台湾に住んでいる遠藤ならば、その気になれば毎日でも食べられるものだ。あえて食べなくてもいいのかもしれない。

「えと、どっちから食べようかなあ」

「どちらから食べるにせよ。早く食べたほうがいい」

「……食べたことない」

「え、タロイモ?」

前を向いたままの遠藤の発言に、高柳は聞き返す。

「台湾で暮らして何年だっけ？」

「地元の人間のほうが、この手の土産物《みやげもの》は食わねえのかもしれないな」

レオンが笑いながら、驚く高柳に説明してくる。

「そういうもの？」

高柳は首を傾《かし》げつつ紅豆のほうを取り出した。器の底は冷たいが側面はほんのり温かい。

「甘い物、嫌い？」

「タピオカは好きだ」

「だったら食べられるんじゃないかな。麩《ふ》まんじゅうとか、あんな食感。はい」

蓋《ふた》を開けてスプーンにすくったタロイモダンゴを「あーん」と口の前に運ぶ。

「ちょ、高柳。自分で食べるから」

遠藤はバックミラー越しに後部座席に座っている二人を気にしているようだったが、高柳はそれを無視してそのまま食べるように促す。

「いいって。早くしないと信号変わっちゃうよ。零れるから、早く」

「あ、いや、その……」

しばらくなんだかんだとぶつぶつ言いつつも、高柳が譲《ゆず》らないのがわかったのだろう。ちらちら後ろを気にしながらも、開いた口に高柳は団子をそのまま押し込んだ。

「ん、ちょ…っ」

「信号変わった」

高柳が言うと、遠藤はむしゃむしゃ咀嚼《そしゃく》しながら車を発進させる。それを見ながら高柳は自分の口にも運ぶ。そして改めて遠藤の顔を見ると、どこか訝《いぶか》し気《げ》だったものの目尻が下がっていくのがわかる。

「美味しいでしょ？」

高柳が確認すると、視線だけ向けてきて小さく頷いた。

「つるっとした食感が面白い」

「でしょ？　はい」

もう一度スプーンを運ぶと、遠藤は今度は素直に口を開けた。高柳は信号のタイミングを見計らって、紅豆と緑豆、両方を食べ終わるまで、同じことを何度か繰り返した。それを後ろから見ているティエンがどんな顔をしていたかなど、この際《さい》無視をした。

天燈――ランタン上げを行っている十份は、北部に位置する新北市《シンペイ》平渓区《ピンシー》にある。

辿り着いてしまえば、列車の線路脇にランタンを取り扱っている店はたくさんある。老街で、どことなくレトロな空気が漂っている。

「ランタンはここで上げるけど、心配しなくていいよ。列車、一時間に一本しか走らないから」

賑わう店を眺めていると遠藤が教えてくれる。

「お店の人と交渉してあげようかと思ったけど、中国語ペラペラだったよね？」

改めて確認されるが、レオンとティエンの二人に「偶然」出会ってからはずっと中国語で話していた。

「一応」

だから苦笑交じりに応じる。

「じゃあ、一応ランタンの簡単な説明をしておく。ランタンの色にはそれぞれ風水的な意味がある。黄色なら金運、オレンジは恋愛とか」

「それは知らなかった」

全部同じ色なのだと思っていた。

「さらにランタンの四面に願い事を書く」

「ランタンの色に添った願い事じゃないとだめ？」

「そんなことない。家内安全、恋愛成就《じょうじゅ》、金運アップみたいに、それぞれ違う願い事を書くのが一般的かな」

「ふうん」

「俺たちはそこで待ってるから、ゆっくり選んで」

遠藤だけでなく、レオンとティエンもランタン上げには挑戦《ちょうせん》するつもりはないようだ。だから高柳は一人で店先に並ぶランタンを眺める。

「何色がいいかなあ」

いざとなると、何を願おうか悩んでしまう。お金はいくらあってもありがたい。もちろん願い事に書くつもりだったが、ランタンの色にするほど願っているわけではない。

「今さら恋愛成就じゃないし」

「ひとつに選べないなら、四色選べばいい」

他の観光客が書いている文字を眺めていると、露店《ろてん》のおばちゃんから声を掛けられる。

「四色選んでもいいの？」

高柳が聞くと「選べるよ。少し高くなるけど」と答えて、四色のランタンが示される。値段は五十元《ゲン》上がるだけだ。

「それにする」

高柳が応えると「色は？」と聞かれる。

「赤は健康、黄色はお金、藍色《あいいろ》は仕事、紫色は学問、白は明光、橙《だいだい》は恋愛、緑色は商売繁盛《はんじょう》、ピンクは幸福だよ」

遠藤がさっき教えてくれたものだ。

「じゃあ、赤と黄色、藍色、緑」

「これだね。じゃ、願い事書いて」

店から表に出てきたおばちゃんは、高柳が選んだ四つの色のランタンを固定し、願い事を書くための筆を渡された。ランタンは少し張りのある薄い紙でできている。強く押すと簡単に破れてしまいそうだ。

予想していたよりも大きくて、縦が八十センチぐらいあるだろうか。口の部分は竹ひごのようなもので留められている。

「赤だから、健康か」

文字は日本語でいいらしい。だから一面いっぱいに「健康第一」と書く。

高柳はそこそこ字には自信があったのだが、立った状態で文字を書くのはなかなか難しい。

「えっと、これで漢字合ってたっけ？」

不思議なことに、普段書いているはずなのに、いざとなると自分の書いた漢字が合っているのかわからなくなる。

緑には「商売繁盛」、黄色には「金運アップ」と記す。

そして、藍色。仕事のことを考えるとすぐにヨシュアの顔が浮かんでくる。いまだ連絡のない男の顔に複雑な気持ちを抱きつつも、「いい仕事が見つかりますように」と書いた。

「終わったかい？　お兄ちゃん、一人で飛ばすのかい？」

おばちゃんは高柳が願い事を書き終えたのを見て、飛ばすためランタンを固定から外し、中に空気を入れて袋状《ふくろじょう》に広げた。

「あ、えと……」

見回すと、遠藤、レオンと並んで、腕組みをした格好のティエンと目が合う。おそらく高柳が願い事を書く様をずっと眺めていたのだろう。

再会してから何も言わないティエンに、高柳は心ひそかにむっとしていた。多分、高柳から話しかけなければ、自分から口を開くことはないだろう。

(面倒な奴だよな、ホント)

だがそんな面倒な男が高柳は好きなのだ。

「ティエン」

名前を呼ぶと、ティエンは右眉を上げる。

「何突っ立ってんの？　来て」

手招きするもののすぐには動こうとしない。それを遠藤とレオンが高柳のところへ行くように促してくれる。

「ほら、高柳が呼んでる。行けよ」

最後はレオンに背中を押されて、やっとのことで高柳のところまでやってきた。

「……なんだ」

「見ればわかるだろう？　ランタン、一緒に飛ばそう」

不機嫌《ふきげん》そうなティエンに当たり前のように高柳は伝える。

「なんで俺が」

「ティエン以外の誰と一緒に飛ばせばいいんだよ」

不貞腐《ふてくさ》れたように言うと、ティエンはさすがに黙った。

「写真撮らなくていいのかい？」

何人もの観光客を相手にしているおばちゃんは慣れたものだ。これまでなら断っていただろう。でもついさっき、ティエンと写真を撮ってこなかったことを後悔《こうかい》したばかりだ。だからすぐに自分のスマホを取り出しておばちゃんに渡す。

「動画撮って！　ここを押してくれればいいから」

「いいよ」

動画の撮れる状態にしたスマホを渡すと、ティエンの向かい側に立って、口の部分が地面すれすれになるようにランタンの上部を持った。

「動画なんて撮ってどうするつもりだ」

「記念だよ、記念」

タイミングのよいことに晴天だ。

「火を点けたから、空気が熱くなってくる。そうしたら写真用に下の部分を持ってみな」

おばちゃんの言ったとおり、熱気を孕んだランタンがどんどん熱くなってくるのがわかる。そこで掴んでいた手を放して、下部の口の部分を握る。ランタンはすぐにでも風に乗って飛んでいってしまいそうだ。

「それじゃ、せーので手を放そう。おばちゃん、カメラの準備できてる？」

「できてるよ！」

「ティエン。いい？　せーの！」

納得していないのか憮然《ぶぜん》とした表情ながらも、ティエンは高柳の合図に合わせて手を放した。

熱を孕んだランタンは、ゆっくり宙に浮きあがる。ふわふわと風に揺れながら、まるで空に吸い込まれるように浮上していく。

「上がった……」

い仕事が
ますように
熊猫飯店

昼間のせいで幻想的な雰囲気はないが、それでもランタンの飛んでいく様を見ていると、なんとも言えない気持ちにさせられる。

「空に吸い込まれていくみたいだな」

ふとティエンが漏らす言葉に、高柳は「そうだね」と応じる。

「きっと、僕の願いは叶うよ。健康第一、商売繁盛、金運アップ……」

「『いい仕事が見つかりますように』か」

高柳の書いた願いを、ティエンはしっかり見ていたのだ。

「そう。いい仕事が見つかるように」

言葉を繰り返す高柳に向かって、ティエンが手を伸ばしてきた。

昨日の件での謝罪《しゃざい》もなく、台湾に来た理由も言わない。ただ手を出してきて、それで話を終わらせようとしているのか。

本音《ほんね》を言えば、狡《ずる》いと思う。でも高柳も本気で怒っているわけではない。どちらかと言えば拗ねている。

元々、ヨシュアと喧嘩《けんか》をすることになった原因はティエンにもある。それなのに怒っているのは高柳だけで、ティエンは許してしまっている。それに苛立ってしまう。ティエンが怒らない分、怒れない分、自分が怒らなくてはならないと、勝手に使命感に燃えていた。

それが空回りしたからといって、ティエンに八つ当たりするのは間違っている。それにティエンはこうして台湾まで来てくれた。

（狡いな、ティエンは……）

心の中でそっと呟いて、高柳はティエンの手を摑んだ。

九份の観光を終え台北に戻ると、遠藤のお薦《すす》めの屋台で魯肉飯《ルーローファン》を食べた。高柳がこれまで食べた魯肉飯よりも八角《はっかく》の風味が強いためクセはあるものの、それが嵌《はま》る人には嵌るのだろう。高柳は嵌った。

ついつい一人で三杯注文したら、店の主人が上機嫌になって、さらに一杯奢《おご》ってもらった。

「さすがに食べられないだろう。持ち帰りにしてもらえば？」

遠藤は気遣ってくれたが、「まったく問題なし」とぺろりと平らげた。

「またぜひ食べに来い。半額で食わせてやる」

「絶対ですよ。お願いします」

高柳は名刺《めいし》を渡す。

「この間、台北に新しくできたスーパーで働いてるんです。良かったら買いに来てください」

ウェルネスは最近、台北にショッピングモールを出店した。高柳の言葉に嘘はない。

「お、あそこか。わかった、行く行く」

店主は満面《まんめん》の笑みで、持ち帰り用の袋に入れた魯肉飯を高柳に渡してきた。中を見ると餃子《ギョウザ》も入っていた。

「これ……」

「飯だけだと物足りないだろうから。少しだけどな」

「ありがとうございます」

そのやり取りを見ていた遠藤は目を大きくしていた。

「すごいな、高柳のコミュニケーション能力」

「俺もそこはすごく買ってる」

レオンは顎に浮かぶ髭《ひげ》を触る。

「こいつが笑ってると、なんか、こっちもついつられて笑っちまう。一緒にいると楽しくなるっていうか、楽しいことがありそうな気がしてくる」

「それ、褒《ほ》めてる？　けなしてる？」

「褒めてるさ、もちろん」

高柳が確認するとレオンは断言した。隣で遠藤が同意するように頷《うなず》きながら、思い出し笑いをする。

「何を笑ってる？」

　それまで黙っていたティエンが口を開く。

「初めて高柳と会ったときのことを思い出した」

「香港のベイサイドプロジェクトのときの話か」

「そうそう。レオン経由で高柳の話を聞いてたんだけど、頭は切れて仕事はできるけど、会ったら驚くかもしれないと言われていて」

「実際会って、驚いただろう？」

「驚いた」

　遠藤は堪え切れないようにそこで噴《ふ》き出した。

「待ち合わせしたの、わりと物静かなラウンジみたいなところだったけど、店に入ってきた瞬間、『初めまして』って大声で挨拶《あいさつ》するから、周りが何事かとざわついてた」

「そうだった？」

「初対面にもかかわらず、わーって俺の父親のデザインしたビルの話をし始めて。頭の回転は速いんだろうというのはわかったけど、俺が聞くまで自己紹介もしてくれなかった」

　遠藤がそう言った途端、レオンが「なんだそれ」と大爆笑《だいばくしょう》する。ティエンも眼鏡のブリッジを押さえ、微《かす》かに肩を揺らしている。

「いや、弁解させてもらうと、当然、レオンさんが僕のことを紹介してくれてると思ってたんです。僕としては、翔太くん……というか、建築家、遠藤翔太と一緒に仕事できるのが嬉しくて、すごく意気込んであの場に乗り込んだつもりで……」

「意気込みは伝わった」

遠藤は高柳の言葉を肯定《こうてい》する。

「正直言うと、少し不安だった。色々身構えてもいた。でも高柳の屈託《くったく》のない笑顔を見ていたら、大丈夫だと思えた……劉さんのことも含めて」

大切に紡《つむ》がれる「劉」の名前。

「だから、高柳には感謝してる。あのとき、待ってると言ってくれただろう?」

「……ごめん。覚えてない」

正直に高柳が明かすと、レオンに頭をくしゃくしゃにされる。

「お前はそういうところがあるな」

「ちょっと、レオンさん、髪、ぐしゃぐしゃになる。ティエン、笑ってないでレオンさんのこと止めてくれないかな」

「自業自得だ。やられてろ」

ティエンは助け舟を出す気はないらしかった。

「俺は本当に高柳に感謝してる。君みたいな人がいるなら、未来は輝いているに違いないと信じられた。だから絶対、明日の竣工記念パーティーには、高柳に出席してもらいたかった」

ありがとう——と、遠藤は言った。

5

「怒ってる？」

高柳《たかやなぎ》の問いにティエンは「いや」と短い言葉で答える。昼でも陽射《ひざ》しの入らない、古い建物の一室には、壊《こわ》れそうなパイプのベッドが無造作《むぞうさ》に置かれていた。

天井から吊《つ》り下がった古い電球の灯《あか》りのせいか、過去に遡《さかのぼ》ったような気持ちにさせられる。

食事を終えて店を出て、ホテルへ送ると言う遠藤の申し出をティエンが断った。

「この近くに部屋がある」

そう言ってティエンは当然のように高柳の手を摑んで歩き出した。

ティエンはアジアの各地に隠《かく》れ家《が》を持っている。豪邸《ごうてい》から、まさに「隠れ家」と言うしかない、人が住んでいるとは思えないような場所まで様々だ。

高柳が連れて行かれたのは、「隠れ家」のほうだった。高柳の取っているホテルへ向かわない理由はひとつ。

「今日、観光してて大丈夫だった？」

高柳は部屋に入ってすぐの場所で、扉《とびら》を背に立ち尽《つ》くす。

「何を今さらそんなことを言ってるんだか」

部屋に入るなり、ティエンはブルゾンを脱《ぬ》ぎ捨てて、立てつけの悪い窓《まど》を開けた。

「これまでにも俺のやり方は見てきただろう？　わざと観光地を巡《めぐ》って敵の出方を見たところだ」

「それで、ティエンの見方としてはどんな感じ？」

「よくわからない」

独特の生温《なまぬる》い空気が部屋の中に流れ込んできた。その窓辺で、ティエンは苛々《いらいら》した様子で、レザーパンツのポケットに突っ込まれていた煙草《たばこ》に火を点《つ》けた。

「煙草……」

「悪いな。一本だけ吸《す》わせてくれ」

「いいけど」

あまり話したくないのだろう。おそらく予想していたより反応がなくて、ティエンとしてもまだ対応に悩んでいるのかもしれない。

高柳はとりあえず着ていた背広の上着だけ脱いで、座っただけで壊れそうに悲鳴を上げるパイプベッドに腰を下ろした。

「ウェルネス辞《や》めてティエンと二人だけで過ごすことになったら、こんな部屋に住むのかな」

窓の外には、派手《はで》なネオンが見える。近代的に整備されたビル群を眺《なが》めていると、自分がどこにいるかわからなくなる。だが独特のネオンサインや猥雑《わいざつ》な裏道には、特有のアジアの空気が漂《ただよ》っている。

「智明《ともあき》。お前、金、貯《た》めてないのか？」

「もちろん貯めてるけど」

二口ぐらい吸っただけで、ティエンは手にしていた煙草を携帯灰皿に突っ込んだ。窓を乱暴に閉めて高柳の前に戻ってくる。

「俺はスイス銀行の口座には、お前と二人、一生贅沢《ぜいたく》して暮らしてもあまるぐらいの金が入ってる」

「うわ。スイス銀行ってドラマか映画でしか存在してないんだと思ってた」

茶化《ちゃか》すように言うが、ティエンはくすりとも笑わない。

「金がいくらあろうとも無意味だ。お前と生きていくために邪魔《じゃま》な存在を排除《はいじょ》できなければ」

ゆったりとした足取りで高柳の前に立ったティエンは、ネクタイを手に取ってそこに口づけてくる。

「ティエン……」

「お前が覚悟を決めたように、俺も覚悟を決めた。今度こそ本当に、すべてのしがらみを排除するつもりでいる」

立ち上がった高柳の、ネクタイの結び目に滑《すべ》り込んだティエンの指がそこを緩《ゆる》めていく。

左右に軽く揺れた指に解《ほど》けたネクタイを巻きつけ、ゆっくり地面に落とす。

「ヨシュアなんてどうでもいい。ヨシュアには恩《おん》があるのは間違いないが、ウェルネスにいなくても恩返しはできる。でもお前はどうだ？」

慣れた手つきでシャツのボタンを一番上からゆっくり外《はず》していく。

「僕は」

「お前は仕事がしたいんだ」

先の言葉をティエンに奪《うば》われる。

「なんだかんだ文句言いながら、お前はウェルネスの仕事にやり甲斐《がい》を感じてたの、知ってる」

全開にされたシャツの胸元に、ティエンがそっと口づけてくる。

「うん」

甘い痛みが肌の内側に生まれる。

「なんだかんだ文句を言いながら、お前が誰よりヨシュアのことを考えているのも知ってる」

胸の突起《とっき》を摘《つま》まれて「ん」と小さく息を呑《の》む。

「俺とヨシュアの関係と、お前とヨシュアの関係は違う。俺にとってヨシュアは感情とは違う世界にある。でもお前は違う。多分、ヨシュアにとってお前は、初めて自分と、人間として接してくれた存在だったんじゃないかと思う」

「遊佐《ゆさ》がいる」

「恋人と友達は違う」

ティエンは熱い舌で高柳の肌を味わいながら、手を腰に移動させてベルトを外してきた。高柳はそんなティエンの頭をそっと抱える。

「友達、か」

「そうだ。友達だから、嫌いだと面《めん》と向かって言えるんだろう。そして友達だからこそ、相手の気になるところを真正面から指摘《してき》できる。それをヨシュアは今になってやっと理解したのかもしれない」

「遅いよ」

スラックスのファスナーを下ろしたティエンの手は、下着の上から欲望に触れてきた。しっとり汗《あせ》ばんでいた布が、別の意味で濡《ぬ》れてくる。

「ティエン……ちょっと待って。このままだと服が汚《よご》れる」

「お前がそんなことを気にするのか?」

「ここには着替えないし。スーツが汚れたら、竣工《しゅんこう》記念パーティーに着ていく服がなくなる」

高柳が真顔で言うと、ティエンはふっと笑った。そして下方からゆっくり高柳に顔を近づけていく。高柳はそんなティエンから眼鏡《めがね》を奪《うば》い、重なってくる唇《くちびる》を待つ。

「ん……っ」

貪《むさぼ》られた瞬間、勢いよく背中が壁に押しつけられる。激しく舌を吸い唇の角度を変えられる。会えなかった時間は一日にも満たない。肌にはいまだ、ティエンと交わったときの熱が残っている状況《じょうきょう》にもかかわらず、凄《すさ》まじいほどに渇《かわ》いている。

「……ティエ、ン………」

絶《た》え絶《だ》えの息の中で紡《つむ》ぐ名前が愛《いと》しい。

はだけられた胸元をティエンの大きな手で弄《いじ》られ、無理やり開かれた足の間に割って入った膝《ひざ》で、昂《たか》ぶる股間を擦《こす》られる。

「ん、ん…」

壁に押しつけられ動きを封じられた状態で、もどかしい欲望を煽《あお》られる。このままだと本当に服を汚してしまう。

「ね、ティエン……ホント、に……あ、あ……っ」

心の底からの懇願《こんがん》が、甘えてねだっているように自分でも思えてしまう。愛撫《あいぶ》が気持ちいいのは事実で、もっと強い刺激が欲しいのも本当なのだ。

「ティエン……っ」

それでも、ぎりぎりのところで戻った理性で、ティエンの髪を引っ張って、愛撫でしかない濃厚《のうこう》なキスから逃《のが》れる。

濡れた唇と乱れた前髪。

荒《あら》い息遣い。

漂う濃厚な色香に眩暈《めまい》を覚えそうだった。

「今度こそ、穏《おだ》やかに過ごせるようになるかな」

「なるだろう。いや、してみせる」

言葉の強さにティエンの決意が感じられる。

「君がそう言うなら、僕も覚悟決める。ヨシュアに直接会えなかったとしても、今度は逃げないで真剣に話をしてみる」

ヨシュアの言動の何を怒っているか。何に苛立ったか。何が非常識だったか。

ウェルネスの中枢《ちゅうすう》のスタッフの大半は、ヨシュア自身が集めてきた人材だ。高柳もその一人だ。そんな高柳だからこそ、今までヨシュアの下で働けていたところがある。

ティエンが指摘したように、ヨシュアの下で、ウェルネスという巨大企業の駒《こま》として大きなプロジェクトを任されて嬉《うれ》しかった。

身の危険を覚えるときもあった。

頑《かたく》なな交渉《こうしょう》相手とやり合った経験は一度や二度ではない。

そんな中、ひとつ、またひとつ仕事をこなしていく間に、ティエンを含めて多くの人に出会った。

そのたび自分が成長していくようにも思えた。

「ティエン……」

改めて目の前の男への愛を確認して、高柳はその場で膝を折った。そしてティエンの履《は》くレザーパンツの前に手を伸ばす。ぴったりしたサイズだから、ティエンの反応がはっきりわかって、つい生唾《なまつば》を飲んでしまう。

「智明」

ティエンの手が高柳の頬《ほお》に触れる。だが今からしようとしていることを拒《こば》む動きではない。むしろ優しく、しっかり促《うなが》してくる動きに、高柳は勇気をもらう。

ティエン自身を愛撫することなど、既《すで》に日常に等しい。それでもなぜか今日はやけに新鮮《しんせん》な気持ちが芽生《めば》えている。

下着越しにもわかるほど昂ぶったティエンに、高柳は飢《う》えた獣《けもの》が餌《えさ》に飛びつくように貪りついた。

「痛っ」

多分、歯が当たったのだろう。

「ごめん……」

咄嗟《とっさ》にティエンから口を放し、上目遣いに見上げると、ティエンは片眉と口角を上げていた。

「何をがっついてる?」

高柳の後頭部に手をやって、体を引いた分を前に押される。そして改めて血管の浮き上がった、生々《なまなま》しいティエン自身がすぐ目の前にある。

ドクドクと脈《みゃく》打ちながら小刻みに震《ふる》えるそれを見ているだけで、高柳の体が疼《うず》く。

(嘗《な》めたい……)

「欲しいのか、これが」

表情に出ていたのか。ティエンはピタピタと高柳の頬に己の性器を押し当ててくる。

「うん、欲しい」

素直に訴《うった》えるとティエンは満足気に微笑《ほほえ》む。

「あとで嫌《いや》ってほど突っ込んでやるから、今は俺をその気にさせてくれ」

言葉とともに高柳の口にティエンのものが押し当てられた。

遠藤のデザインしたビルの竣工記念の主催《しゅさい》は、オーナーでありプロジェクトを立ち上げた本人で台湾《タイワン》在住の楊豪《ヤンハオ》という資産家だ。

とはいえ、ビジネス自体は通称を使っているため、高柳はその名前を聞いてもどんなことをしているか良く知らずにいた。レオン曰《いわ》く、世界的に有名な投資家でもあるらしいが、若いのか老人なのかも教えてくれない。

「その気になれば、お前なら調べられるぞ」

煽るように言われるが、そんな風に言われるとあえて調べたくなくなる。

とりあえず客家《ハッカ》の侯《コウ》の紹介なら、悪い人のはずがない。そして無事に遠藤のデザインしたビルが完成したのだから、それで良いのだ。

当然のことながら、遠藤自身が自ら「祝《いわ》ってくれ」と言ったわけではない。しかしこの楊が、とにかくお気に入りの建築家である遠藤のビルを自慢《じまん》するがため、開催されることになったらしい。

「楊さんは欠席なの、不思議《ふしぎ》だなあ。僕だったら、自分のことのように自慢しちゃうのに」

「金持ちの考えは俺らとは違うんだろう」

着替えを済ませたティエンの格好《かっこう》に、高柳の心臓が高鳴った。

ドレスコードがないため、背広にした高柳と違い、ティエンは「あえて」タキシードを選んだのだ。ティエン曰く、己《おのれ》を狙《ねら》う敵に、わかりやすくするためとのこと。敵を一掃《いっそう》する自信があるからこその言葉に、さすがに高柳は少しだけ怖さを覚えた。

が、その怖さよりも増したものがある。

「格好いい……」

考えるよりも先に、言葉が零《こぼ》れ落ちていた。

元々、ティエンはこういう礼装の似合う男なのだ。育ちの良さと気品と男っぽいストイックさを併《あわ》せ持った男が、あえてきっちりした出《い》で立《た》ちをすることで、濃厚な色気が溢《あふ》れ出てくる。

「改めて言うけど、ティエンって格好いいんだね」

「……何を言ってるんだ」

素《そ》っ気《け》なく言い放つものの、照れているのは間違いない。せっかく整えた前髪を乱暴に手で崩《くず》したが、そうすることで野性味《やせいみ》が加わってさらに高柳好みになる。

「僕、ティエンのこと、好きだ」

まじまじと言ったら、ティエンは高柳の額《ひたい》を指で弾《はじ》いてきた。

「余計なことばかり言ってないで、侯さんから連絡が入ってないか確認しろ」

「あ、そうだったね」

という。

昨日の深夜、侯から連絡があった。台湾で仕事が入ったため、今日のパーティーに顔を出す

ティエンに言われて、ベッドに放置したままだったスマホをそこまで戻って確認する。

「侯さんからメール入ってる。一時過ぎに到着するって」

パーティーは午後一時からだから、さほど遅れることなく参加できることになった。

「で、フェイロンも来るって！」

スマホを握ったまま、高柳はティエンの前に戻ってくる。

「らしいな」

ティエンは平然と応じる。

「知ってたの？」

「いや。俺も今知ったところだ」

ティエンもまた己のスマホを確認していた。

「侯さんからメールがあった？」

「俺に侯から連絡があるわけないだろう。互いの連絡先を知らない」

「だったら、なんでフェイロンのことを知ってるわけ？」

「先生から連絡があった」

「あ……」

昨日、遠藤が言っていたことを思い出して、きゅっと胸が締めつけられる。

「じゃあ、先生も……?」

「いや」

ティエンはあっさり否定する。

「お前がいると知ったら、フェイロンが何が何でも台湾へ行くと駄々《だだ》をこねたらしい。だが、どうしても先生は時間がないから、侯に任せるらしい」

客家という、高柳には上手く説明できない一族を統《す》べる侯は、どこか飄々《ひょうひょう》としていて仙人《せんにん》のような雰囲気《ふんいき》を宿している。何がどうしてかわからないが高柳のことを気に入ってくれたおかげで、公私ともに協力をしてくれる。

特に黎《ライ》家の次期当主であるフェイロンの件では、客家が後見人的存在になってくれたことで、ようやく治まりつつあった。

フェイロンは、黎家当主の特徴《とくちょう》である「龍《りゅう》」と称される気質を特に強く継いでいるせいか、とにかく口数が少ない。とはいえ、会話は理解できていて、己の意志は行動で主張してくる。

普段はおとなしく物わかりのいい子どもらしいが、いざ高柳がかかわった瞬間、自我が強くなるようだ。

そうなると、実の父であり、ティエンの母親違いの弟であるゲイリーや、先生の言うことをまったく聞かなくなる。

「頑固《がんこ》なところはどこかの誰かとそっくりだ」

「なんだその笑いは」

高柳の笑顔を見てティエンはまた額を指で弾いてくる。バシッと音がして強烈《きょうれつ》な痛みが襲《おそ》ってきた。

「痛ったー」

両手で額を覆《おお》い、その場にしゃがみ込んだ。

パーティーの開催会場であるホテルは、ＭＲＴ中山《ゾンシャン》駅から徒歩六分の位置にある。昨今、参入してきた外資系の高級ホテルと比較したら外観は地味《じみ》だ。しかし重厚感に溢れた落ち着きのあるそこは、遠藤のことが好きだと言う資産家の好みなのかもしれない。

ティエンと一夜を過ごした「隠れ家」からも徒歩圏内だ。しかし、細い路地を一本入っただけで、時代も文化も何もかもが別世界のように思える。

きっとあの「隠れ家」のある地域にも、再開発の波が押し寄せてくるだろう。同時に、アジア独特の、猥雑で賑《にぎ》やかな、台湾らしいと思うレトロ感は失われていくのだろう。高柳はまさにそんな仕事をしている。

「智明」

隣を歩いていたティエンに名前を呼ばれる。

「何」

「侯とフェイロンがすぐ近くまで来ているらしい。フェイロンがお前にいち早く会いたいと言ってるらしいから、二人が来るまで待っててやってくれるか？」

「いいけど、どこで？」

「ここ」

ティエンが示したのはホテルのエントランスだ。

「空港からタクシーに乗ったと」

ティエンが言うのとほぼ同時に、高柳のスマホにも侯からメールが届く。

「あと五分ぐらいで到着するって。で、ティエンはどこ行くの？」

「先に着いてるレオンから呼ばれた。何か手伝うことがあるらしい」

「わかった。じゃあ、僕は侯さんとフェイロンが来たら一緒に行く」

ティエンを送り出してから、エントランスで車寄せに車が入ってくるたびに身を乗り出してみる。しかし柱《はしら》や扉が邪魔で今ひとつよく見えない。

「外で待ってたほうが早いかな」

そのほうがフェイロンもすぐ自分を見つけられるだろう。

が、外に出てみて、ホテル前の道路がやけに混雑していることに気づく。どうやら故障車《こしょうしゃ》があって渋滞《じゅうたい》しているようだ。

「侯さん、どのあたりだろう」

メールを送ろうとしたら、ちょうど侯からの着信がある。

「侯さん。今、どこですか？」

『近くまで来たのですが、すごい渋滞でまったく車が動かなくなりまして。歩いても大した距離ではないので、タクシーを降りたところです』

「そうだったんですか。どっち側ですか？」

『中山北路二段を歩いています。先の角を右に曲がるとホテルのある通りに出るようです』

ホテル前の通りを西側に向かって歩いて、突き当たるのが中山北路二段だ。そこをじっと見ていると、マオカラーの長袍《チャンパオ》姿の男性と、その男性と手を繋《つな》いで、てとてと歩く幼い子どもの姿が見えた。

「あ、見えました！」

電話に向かって訴える。高柳の発言で、男性が周辺を見回す。

『どこですか?』

「ホテルの前にいます。手を振りますから……」

ちょうど柱が邪魔をして見えないのかもしれない。ちょっと位置を変えようと思ったとき、ホテルの扉が開き、中から小さな子どもが走り出てくる。

フェイロンと同じぐらいの年だろうかと思ったとき、その子が道路に向かって走っていく。

「え」

「危な……っ」

咄嗟に引き留めようと手を伸ばすと、小さな子どもの手を摑んだ。そのまま手前に引いた瞬間、反動で勢いよく体が後ろ側に倒れていく。

「あ……」

倒れる——高柳は子どもを守ろうと頭を抱えたとき、大きくバランスを崩した。

そして。

「高柳さん!」

自分を呼ぶ侯の声と走り寄るフェイロンの姿が見えた直後で、高柳の意識は飛んだ。

6

『正直言うと、少し不安だった。色々身構えてもいた。でも高柳の屈託《くったく》のない笑顔を見ていたら、大丈夫だと思えた』

そう言う遠藤の表情は穏やかだった。

『だから、高柳には感謝している。あのとき、待ってると言ってくれただろう?』

突然に感謝の言葉を向けられて高柳は慌《あわ》てた。そんな風に言われても、まったく覚えていなかった。

『俺は本当に高柳に感謝してる。君みたいな人がいるなら、未来は輝いているに違いないと信じられた。もし人生をやり直せるとしても、俺は同じ人生を歩みたいと思う』

ありがとうと、遠藤は言った。

その言葉を聞いて高柳は漠然《ばくぜん》と思った。

高柳ももちろんティエンに会いたい。フェイロンに、先生に、レオンに、梶谷《かじや》に会いたい。

でも。

でも。

その上で、もしやり直しができることがあるとしたら——ティエンとまっさらな気持ちで会いたいと思った。

「智明」

名前を呼ばれて目を覚ましたとき、高柳は自分がどこにいるのかわからなかった。

真っ白な天井。

点滴《てんてき》。

心配そうに自分を覗《のぞ》き込む人たち。

「目が覚めたか」

トレードマークとも言える無精髭《ぶしょうひげ》を綺麗《きれい》に剃《そ》って、長い髪を頭の後ろできっちりひとつに結んだレオンは、背広姿だった。

「大丈夫か」

アイボリーのジャケットに白いドレスシャツを合わせているのは、遠藤。

「ここがどこかわかりますか？」

丸眼鏡《まるめがね》に長い中華風長袍を身に着け、穏やかな微笑みを浮かべているのは、侯。

そして、高柳の手を痛いぐらいに摑んでいるのはフェイロンだ。

「ああ……良かった。来られたんだ」

今にも泣き出しそうに、大きな目に涙《なみだ》を浮かべたフェイロンは、ぎりぎりで泣き出すのを堪《こら》えていた。

「ごめん。心配かけて」

フェイロンを抱き締めてやりたくて、起き上がろうとした瞬間、強烈な頭痛が襲ってきた。

「痛……」

「無理をしたら駄目だ」

倒れる高柳の体を抱えてくれたのは――。

「ティエン……」

「頭を打ったんだ。無理をするな」

「頭を打った……誰がいつ？」

高柳が尋ねるとティエンは眉間《みけん》に深い皺《しわ》を刻《きざ》んだ。それからその場にいる他の人と顔を見合わせる。

「覚えていないのか？」

「何を」

横たわった高柳の顔を覗き込むようにしてティエンが聞いてくる。距離の近さに高柳の心臓が変な音を立てた。

「智明。お前は道路に飛び出そうとした子どもを守った反動で、頭を打ったんだ」

「子どもを守って……？」

「ここはホテル近くにある病院だ」

「病院？」

言われてみると、確かに天井は真っ白で、腕に刺《さ》さった管《くだ》は、高柳の横たわるベッドの隣に吊るされた点滴から伸びていた。

ティエンに言われたことを思い出そうとする。そして、靄《もや》がかかっていたような記憶が急激に晴れてくるのを実感する。

「翔太《しょうた》くんのビルの竣工記念パーティーに来てて……」

「そうだ。思い出したか？」

確認してくるティエンにではなく、高柳はその後ろにいる遠藤に目を向けた。

「ごめん、翔太くん。パーティーはどうなった？」

「無事に終わった」

遠藤は申し訳なさそうに言う。

「高柳の話を聞いてすぐにでも様子を見に来たかったんだが、立場上そうもいかなくて……終わってすぐに駆《か》け付けたところだ。だから申し訳ない」

白いシャツに腰の辺りが綺麗にシェイプされたデザインスーツは、遠藤にとてもよく似合っている。

「そんな、こちらこそごめん。せっかくの御祝《おいわ》いに、こんなドジをして……」

高柳はかえって恐縮《きょうしゅく》する。

「ところで、僕が守った子は、大丈夫だったのかな」

「ああ、何も心配はいらない。智明が倒れたとき、少しだけ膝を擦《す》りむいただけで、他はどこも問題なかった」

高柳の問いに答えるのはティエンだ。

「それなら良かったけど……僕は今、どんな状態？　みんなが集まるほど重傷《じゅうしょう》なのかな」

ほんの少し冗談《じょうだん》めかして尋ねると、ティエンの手が頬に伸びてくる。

「そんなことが言えるなら大丈夫そうだな」

眼鏡越しに向けられる笑顔に、高柳は躊躇《ためら》いつつ、「そうですか」と応じる。

「おいおい、高柳。ティエン相手になんでそんな物言いしてんだ？」

レオンが怪訝《けげん》な表情を見せながら苦笑する。

「どこか頭の打ち所が悪かったか？」

「レオン。さすがにこの場でその発言は冗談にならない」

ティエンが強い口調でレオンの軽口を戒《いまし》める。

「おっと。すまん。悪気はねえんだ」

「悪気があったら、ただじゃすまさない」

まったく笑えないことを言ったティエンは、高柳に向き直る。

「さっき言ったように、お前は子どもを抱えて倒れたとき、頭を歩道にぶつけた。その衝撃《しょうげき》で意識を失ったのと、ぶつけた拍子《ひょうし》に少し額を切っていた。額は二針《はりぬ》縫ったが、脳波《のうは》とCT検査は異常はなかった」

ここで詳しい説明をしてくれるのもティエンだ。それも、高柳の右手を両手で強く握《にぎ》ったままだ。

なんとか逃れたいものの、それが許される状況《じょうきょう》にないように思えて、高柳はじっと我慢《がまん》する。

だが、この状態はいつまで続くのだろうか。

「今日は入院しないといけないんだろうか」

「あと、右足首を軽く捻挫《ねんざ》してるって言ってたよな」

レオンが言うと「そうだった」とティエンが応じる。

「目覚めて吐き気や眩暈があれば、すぐに連絡するように言われているがどうだ？」

「さっきはちょっとくらっとしたけど、あれは突然起き上がろうとしたからかな」

左の手を摑んでいるフェイロンが、高柳の頰にそっと触れてくる。まだ幼くて柔《やわ》らかい掌《てのひら》のひんやりした感触がなんとも心地よい。

「とりあえず今日は、一日入院をしたほうがいいらしい」

「そっか」

頭を打ったのであればそれも仕方ないだろう。

「そっか……でも入院準備できないけど、どうしよう」

「必要な物は用意しておいた。今回、台湾にはほぼ手ぶらで来たんだろう？」

ここでもティエンが高柳の言葉に応じる。それに対して誰もが当たり前のように受け入れている。

「腹、減ってないか。ずっと寝てたから、腹減ってるんじゃないか？」

「そういえば……空《す》いてるかも」

腹の虫が鳴るほどではないが、レオンに言われて空腹なことに気づいた。

「じゃ、俺、何か買ってこようか」

遠藤が席を立つと、合わせるように侯も立ち上がる。

「高柳さんが目を覚まされたので、とりあえず私は一度戻ります。フェイロン、君も一緒に」

侯に誘《さそ》われるが、フェイロンは強く高柳の手を握って首を左右に振った。

「フェイロン……」

名前を呼ぶと、「たかやなぎ」と甘えたように名前を呼んでくる。

「心配してくれてありがとう。でも今日は侯さんと一緒に帰ってくれるかな。僕、何もしてあげられないから」

フェイロンは唇をきゅっと引き結んで、じっと高柳を凝視《ぎょうし》してくる。

「僕は大丈夫だから。ね」

言い聞かせるように言うと、フェイロンはそのまま俯《うつむ》いて高柳の手をそっと放した。

「明日、香港《ホンコン》へ戻る前に、もう一度様子を見に参ります」

「侯さん。フェイのこと、お願いします」

高柳が横たわったままお願いすると、侯は笑う。

「高柳さん、まるでフェイロンのお父さんみたいですね」

「高柳は母親だろう」

と、レオンが揶揄《やゆ》する。

「母親でも父親でも、おじさんでもおばさんでもなんでもいいよ。フェイの保護者になれるなら」

「それじゃ、俺は下まで一緒に行って、二人を送るついでに買い物してくる」

「翔太くん、お願いします」

高柳は笑いながら言って、侯に連れられて病室を出ていくフェイロンに手を振る。

「それじゃ、俺はちょっと電話してくる」

と、部屋を出ようとするレオンを高柳は咄嗟に呼び止める。

「ちょっと待って」

「ん？」

レオンは高柳を振り返る。枕元に座っていたティエンも同じように不思議そうな表情を見せる。

「どうした。なんか用か」

「いや、その、彼、と二人にされると、ちょっと気まずくて」

躊躇いつつも高柳は言うと、ティエンに握られていた手をすっと引いた。

それに気づいてティエンは眉を上げる。

「智明……？」

「あの」

高柳は横たわったまま、ティエンの言葉を遮《さえぎ》った。

「どうして君、僕のことを名前で呼んでるのかな」

「どうして？」

「何言ってんだ？」

ティエンだけでなく、レオンも怪訝な表情になる。

「君とは大学時代の知人で、今はただの同僚《どうりょう》に過ぎないだろう。それを名前で呼ぶのもどうかと思うんだけれど」

懸命《けんめい》に言葉を選びながら、高柳は目覚めてからの違和感《いわかん》を訴える。

名前を呼ばれることも手を握られていたことも、まるで自分のことのように高柳の話をすることにも違和感を覚えていた。

そんな、やっとのことで言った高柳に、レオンとティエンは二人して同じような表情を向けている。

「なあ、高柳。お前、いくら腹が減ってるからって、そんな嫌がらせをせずともよくないか？」

先に口を開いたのはレオンだ。

「ヨシュアが来てないことにも怒ってるのかもしれないが、それもこいつのせいじゃない。さっき長ったらしいメールをお前に送ったたって連絡が入ってた……」

何を言われているのかわからずに高柳は尋ねる。と、またレオンとティエンは顔を見合わせる。

「辞めたことについて、今回、台北に来るなら話をすると言ってただろう?」

「辞めた? 誰が」

レオンが何を言っているのかよくわからない。

「なあ、確認してもいいか? お前は今なんで台湾にいるのかわかってるか?」

「前の仕事が終わったところで今は休暇中で、翔太くんのデザインしたビルの竣工パーティーがあるから台湾に来てるんだけど。レオンさんもそうだよね?」

「なんか、微妙《びみょう》に合ってて微妙に間違ってるな」

レオンと会話をする間、ティエンは一言も言葉を発しない。ただじっと高柳を見つめている。

「なあ、本当に覚えてないのか。ティエンのこと」

「覚えてます。ウェルネスの同僚で……」

「そうじゃなくて……」

「レオン」

何か言おうとするレオンの話をティエンが遮る。

「頭を打ったショックで混乱しているのかもしれない。今日は様子を見たほうがいい」

「お前がいいなら俺はいいけどな」

レオンはそう言って高柳の枕元に立つ。

「なあ、高柳。俺のことはわかってるんだよな？」

「何を言ってるんですか。レオンさんです」

「俺のパートナーが誰か知ってるか？」

「梶谷英令《かじやひではる》さん」

どうして、今さらそんなことを聞かれるのか高柳はわからなかった。

「俺の仕事はわかるか？」

「上海証券《シャンハイしょうけん》のトップで、カリスマのタトゥーアーティスト。それがなんですか」

レオンは顎《あご》をさする。

「お前の足に、俺が入れた刺青《いれずみ》のことは覚えてるか？」

さらなる質問に高柳は首を傾《かし》げる。

「刺青？　僕が？　何を言ってるんですか」

ファッション的に刺青を入れる人もいるが、高柳は考えたこともない。

だがその返答に、レオンは眉間の皺を濃くした。

「……俺とお前はどこで出会ったのか教えてくれ」

「そんなの、レオンさん、覚えてないんですか？」

「まあ、な。はっきりとは覚えてない。だから教えてくれないか」

レオンは真顔だ。

「仕方ないな、レオンさんは。僕らが出会ったのは……」

説明しようと考えるものの、突然に頭の中が真っ白になってしまう。ぽっかり、その部分の記憶がないのだ。

「あれ」

頭を打ったせいか。改めて落ち着いて考える。

レオンと会ったのは上海だ——そこで「違う」と頭の中で誰かが言う。

では、どこで会ったのか。必死に考えたところでふっと思い出す。

「香港だ」

「そうだな」

高柳が言うとレオンが頷《うなず》いた。

「それで、香港で何をしたか思い出せるか？」

さらに促《うなが》される。

「レオンさん、忘れたんじゃないんですか?」

「お前に聞いてるうちに思い出した。なあ、香港のどこで会ったかわかるか?」

思い出したのなら、あえて自分に聞かずとも良くないか。そう思いながらも、気になって必死に思い出そうとする。

迷路のような裏道を通って向かった場所がある。そこでレオンに会った。

「ああ……そうだ。レオンさんの店で会ったんだ」

「そうだ」

レオンの声が大きくなる。

「そこから先の記憶、思い出せないか」

強く言われるものの、再び頭の奥の方が煙《けむり》のようなもので満たされていく。

「……ごめんなさい。頭、痛くて……」

ズキズキ痛み出したコメカミに指をやる。

「お、と……悪い。頭打った上に傷を縫《ぬ》ってたんだよな……無理させて悪い」

気まずい空気は、夕食を買った遠藤が戻ってからも、変わらなかった。

「何かあった?」

事情を聞いてきた遠藤に、おそらくレオンは、高柳の状況を伝えたのだろう。直後、遠藤の表情が変わった。

「え？　ティエンのことだけ覚えてない？」

そして紡がれる言葉に、高柳は首を傾げる。

「だから覚えてるけど……」

そう訴えるものの、誰も納得してくれない。

遠藤の買ってきてくれた食事を済ませている間も、微妙な空気は続いていた。食べ終わってから病室を出て行こうとする遠藤を、高柳は咄嗟に呼び止める。

「僕、何かおかしいこと言ってる？」

改めて尋ねるものの、遠藤は戸惑ったようにレオンとティエンに視線を向ける。そして、ティエンが「いや」と否定する。

「頭を打ったんだから無理をしないように。また明日、退院前に迎えに来るから」

「……ありがとう」

どうしてただの同僚に過ぎない「ティエン」が迎えに来るのか。自分に向けられる視線に落ち着かない気持ちになりつつ、高柳はそれ以上は尋ねなかった。

翌日、昼前に高柳の病室を訪れたフェイロンは、真っ直ぐに抱っこを求めてきた。既に退院に向けて着替えを済ませていた高柳は、フェイロンを抱き上げる。と、フェイロンはじっと高柳の顔を見つめてきた。

「どうしたの？」

額を縫った部分にそっと手を伸ばしてくるが、ぎりぎりでやめる。

「いたい？」

消えそうに小さな声で問われて、高柳は「少しだけ。でも大丈夫」と応じた。

「触るとちょっと痛いけど、それだけ」

退院前に担当の医師から、検査結果は問題なかったことを告げられた。額の傷は一週間後に抜糸《ばっし》が必要だが、診断書を書いてもらったので、どこの病院でも構わないらしい。

だから高柳が笑うと、フェイロンはぎゅっと両手を首に回して抱きついてくる。

その様子を見ていた侯は、隣に立つレオンに向かって頷く。

「……何？」

無言のやり取りの意味を尋ねると、レオンは反対側の隣に立つティエンに視線を向けた。そして、一歩前に足を踏み出してくる。

「退院を前に話しておくことがある」

「改まって何？」

「検査結果は問題ないと言われているが、以前と違うところがあることは言われたか？」

「ああ、うん。頭を打ったせいで、一時的な記憶喪失《きおくそうしつ》があるかもしれないと言われたけど」

高柳の発言で、その場の空気が一瞬変な感じになる。

「何を忘れているか自覚はないのか？」

今日のレオンは、派手なシャツにワークパンツ、スカーフで頭を覆っている。昨日のようなスーツ姿も似合うが、レオンらしいのは今日みたいなラフな格好だ。

そんなレオンに問われても何を言われているかわからない。

「……というか、何も忘れてないと思うんだけど」

昨日少しだけぼんやりしていた頭は、ぐっすり寝たことで今はすっきりしていた。

「レオンさんとのことも思い出しました。初めて会ったのは香港でしたね。そのとき、ティエンとも初めて一緒に仕事をしたんです。二人が知り合いだったのは後から知りましたけど」

「記憶っていうのはそうやって修正されていくのか」

レオンは苦笑を漏《も》らす。

「修正って、何がですか」

「他の記憶は全く問題がない。だがティエンの記憶だけおかしい」

「ティエンの記憶？」

ティエンは今日も病室に来ている。だが入口近くの壁に背を預《あず》けたまま、一度も口を開いていない。それでも自分に向けられる視線は痛いほどに感じている。

「だからてっきり、俺たちのことを騙《だま》そうとしているのかと思った」

「そんなことしてない。大体、ティエンの記憶の何がおかしいのかもわからない」

「お前が嘘《うそ》を吐《つ》いていないことは、フェイロンの様子からわかった」

「フェイが？　え？」

「申し訳ないが、ちょっと試させてもらった。もしお前がなんらかの嘘を吐いているなら、フェイロンの態度に出るはずだとティエンが言ったもんでな」

「さっき、フェイ……僕に抱きついてきたけど」

フェイロンに目を向けると、照れた様子で侯の後ろに隠《かく》れてしまう。

「そう。だから嘘を吐いてはいないと判断した」

「うん……嘘なんて吐いてない、けど……ティエンに対する記憶の何が違うんですか」

「回りくどい言い方をしても意味がねえから、率直に言わせてもらう」

レオンは落ち着かない様子で顎に手をやる。

「お前とティエンはただの同僚じゃない」

「ただの同僚じゃなければなんですか?」

意味がわからない。

「恋人だ」

「誰と、誰が?」

「お前とティエン」

「……は?」

咄嗟に顔を上げると、自分を見続けているティエンと目が合ってしまう。

慌てて視線を逸《そ》らすものの、なぜだか鼓動《こどう》が高鳴ってくる。

「そんな冗談を言って驚かそうとしても無駄《むだ》です。僕もティエンも男ですよ。香港で仕事のことで再会したものの、大学時代、ろくに会話もしていないんですよ。そんな関係だったのに、どうして恋人なんて……」

「お前らの馴《な》れ初《そ》めなんて俺が知るか。だが、ここにいる全員が、お前とティエンの仲を知ってる。ここにいる人間だけじゃない。ヨシュアも遊佐《ゆさ》も梶谷もゲイリーも、お前に仕事で関わった人間はみんな知ってる」

7

台北《タイペイ》市内のホテルの部屋で、ティエンと二人で過ごす高柳は、気まずさに耐《た》えかねていた。

ホテルの部屋は高柳が予約したらしいが、どうも話の流れからしてティエンは一緒ではなかったらしい。

が、ティエンはルームサービスで頼んだコーヒーに手をつけることなく、持ち帰ってきた高柳の荷物を慣れた様子で整理してくれている。そんなティエンの背中を、高柳はぼんやりと眺める。

（恋人……）

レオンだけでなく、みんなが高柳とティエンが「恋人」だと言った。

さらに、勤務していたウェルネスも辞めるらしい。ティエンが先に。続いて高柳も。

『覚えていないわけではない』、『まったく記憶にない』。

曖昧《あいまい》な高柳の反応から、再度、退院に当たって医者の診断を仰《あお》ぐこととなった。

結果は「一時的なもの」とのこと。

頭を打った衝撃で、一時的に記憶が失われているのだろうとのことだった。その程度の記憶ならば、日々、日常の生活を送っている間に次第に戻ってくるだろうと。

だが、医者は気になる発言もしている。

『心因的なものが理由にあるかもしれない』——と。

レオンから「身に覚えはあるか」と問われたものの、如何《いかん》せんティエンに関する記憶が高柳にはない。結果、レオンに責められる羽目《はめ》になったのはティエンだ。

が、ティエンは口を噤《つぐ》んだまま開くことはなかった。

その後、予定通り退院した。

顔を見に来てくれた侯とフェイロンとは病院で別れた。用事のある遠藤とレオンは明日また様子を見に来てくれることとなり、ティエンがホテルまで送ってくれたのだ。

彼らの中ではティエンが送るのは当たり前のことだったようだが、高柳にしてみれば気まずいことといったらなかった。

ティエンが話してくれればまだしも、ただ物言いたげな視線を向けられるだけなのだ。

(恋人か……)

改めてその言葉の意味を嚙《か》み締めた途端《とたん》、全身に緊張《きんちょう》が走る。

いい年をした男である以上は、手を繋ぐだけの関係のわけがない。

ということは、あのティエンとキスしたりセックスしたりしていたということ。

ホテルの部屋に入って、ティエンがなんの躊躇もなく高柳の荷物を整理する姿は、慣れ親しんだ雰囲気が漂っているのだ。

(何がどうなってティエンとつき合うことになったんだろう……)

記憶にない二人の「始まり」が気になってしまう。

何しろ高柳の記憶にあるティエンは、みんなに話した通りなのだ。

大学時代の同窓生。

ウェルネスの同僚だが、同じ部署で働いたことはない——はずだ。

高柳が戸惑っているのは、それだけではない。関わりが少ない中で、密かに高柳はティエンに恋心を抱いていた。

恋心という、可愛《かわい》く儚《はかな》い感情なのかは微妙だ。

初めてティエンと出会ったときのことは、いまだ鮮明《せんめい》で鮮烈《せんれつ》だ。でもあの記憶も、もしかしたら誤ったものかもしれないと不安になってしまう。

「智明」

名前を呼ばれてハッとする。

「な、なに？」

「これ、どこに入れればいい？」

持ち帰った荷物の片づけ場所を問われて、高柳は慌てて立ち上がった。

「その辺りに置いてくれればいいよ」

ティエンに応じつつ、高柳は改めてあまりに少ない自分の荷物に気づく。

「なんでこんなに少ないのかな」

思わず漏らした言葉に、ティエンは眉を上げる。鋭い視線に咄嗟に高柳が身構えると、ティエンは苦笑を漏らす。

「それも覚えていないのか」

ほんの少しだけ寂《さみ》しさを孕《はら》む声音《こわね》に感じられるのは気のせいか。

「ここに来る前、どこにいたか覚えてるか?」

ここ、台湾か。

「ええと」

思い出そうとするが、その部分の記憶が綺麗に失われている。

「……あれ?」

台湾に来る直前だけではない。その前の記憶もない。必死に思い出そうとしても、記憶の淵《ふち》を辿《たど》ろうとすると、突然、足元がすくわれたみたいな気持ちになってしまう。

覚えていない。わからない。

どのぐらいの記憶だろう。

レオンのことは覚えている。梶谷のことも、侯のこともフェイロンのこともわかるのに、いざ、いつどこでどういう状況で出会ったのかを考えようとすると、突然、曖昧な記憶になってしまう。

なぜ?

どうして?

「……大丈夫か?」

肩を叩《たた》かれてハッとする。顔を横へ向ければそこにはティエンがいる。

高柳の記憶の中で、この男は遠くで眺める存在だった。

僅《わず》かに口角を上げて微《かす》かに笑う。高柳の記憶の中のティエンは無口で、何に対しても関心を示さない印象だ。それが今、隣にいるティエンはどうだ。高柳の反応を見つつ、些細《ささい》な気遣いや態度からも愛情のようなものが伝わってくる。

本当に恋人だと思えるほどに。

(あ、なんかヤバい)

この場に二人しかいないという事実を改めて認識した途端、心臓がうるさいほど鼓動を始め、体が熱くなってきた。

「智明？」

当たり前のように下の名前で呼んで、当たり前のように体に触れてくる。

だがその「当たり前」は、高柳にとっては当たり前ではない。咄嗟に身構え、体を硬直させ、触れてくる手から逃れたことにティエンは気づいた。眉を上げ一瞬何かを言おうと唇を動かすが、言葉が発せられることはない。

「……ご、めん。つい」

高柳は慌てて謝罪《しゃざい》の言葉を口にする。

「謝ることはない」

ティエンはもう感情を顔に出していない。

「お前にすれば、俺はただの同僚に過ぎないのに、そんな相手に触れられたら気持ち悪いだけだな」

「気持ち悪いとかじゃない」

咄嗟に否定すると、ティエンが少し驚いたように眉を上げる。無表情そうに見えても、僅かな眉の動きでティエンは雄弁に語っている。

驚きののちに、ほんの少しの安堵《あんど》。

「それなら良かった」

「あの」

高柳は自分から話しかける。だが、いざティエンと真正面で向かい合わせになると上手く言葉が出せなくなる。

「質問してもいいかな……いや、いいですか」

「――座れ」

ティエンは短い言葉で促してくる。ぽかんと見つめていると、ティエンは強い口調で繰り返す。

「座れと言った」

「あ、はい」

条件反射のように肩を竦ませ、咄嗟にベッドの端《はし》っこに腰を下ろすと、膝の上に手を置いた。

ティエンはその向かい側に立つ。

「敬語じゃなくていい」

「え?」

「お前はいつも俺にはフランクな口調だ。それで質問とはなんだ」

「あ、の、僕ら……ティエンと僕は、本当に恋人だったのかな、と……」

「信じたくないかもしれないが、事実だ」

ティエンはまったく躊躇なしに答える。

「っていうことは……その……あの……してたのかな」

鼓動はさらに高鳴り、頭が沸騰《ふっとう》したみたいにぼうっとしてくる。

学生時代、誰にも言わなかったが、高柳はティエンのことが好きだった。恋愛感情だったか定かではないが、たった一度だけ目にした、ティエンの真の姿を、鮮烈な画面を忘れられずにいた。

時が止まったあの一瞬、高柳は恋に落ちたのだ。

でもそんな恋心は、その後どうこうなるものではないはずだった。

それなのに、自分とティエンは、どうやって恋人になったのか。

自分が告白したのか。それともティエンが——。

（いや、ティエンがどうして）

自分はティエンを好きでも、ティエンが自分を好きなわけがない。

だから疑問になったのだ。高柳が一方的にティエンのことを好きで、ティエンがそんな気持ちに押される形で関係が生まれたとしたら、二人の間はプラトニックなのではないか、と。

何しろ、男同士だ。

高柳自身、ゲイなわけではない。とはいえ、ティエンに惹《ひ》かれたのだから、その素質はあったのだろう。

ティエンがゲイだという話は聞いたことはない。だから聞きたかった。当事者の気持ちではなく、第三者的な、野次馬根性《やじうまこんじょう》だ。

「お前がどんな答えを求めているかは知らないが、セックスならしてた」

が、ティエンは平然と肯定する。それも高柳が濁《にご》した言葉をはっきり口にした。

「な」

「二人とも成人した大人の男だ。恋人なんだからセックスしていて当たり前だろう?」

(当然なんだ……セックスするのは当然なんだ!)

まさに衝撃的な発言に、高柳の体温は確実に上昇した。

(してるんだ……僕はティエンと……セックス、を……)

ぞわりと全身が総毛立《そうけだ》った。想像したティエンの様子に欲情した。

「信じられないか?」

ティエンは一歩前に足を進めてくる。顰《ひそ》められた眉と真一文字に引き結ばれた口元から、ティエンが真剣であることが伝わってくる。

ティエンが更に一歩足を進め、高柳との距離が縮《ちぢ》まるごとに、心臓が高鳴る。

(どうしよう……どうしたらいいんだ)

下手に慌てたらティエンに失礼だ。申し訳ない。そう思いつつも、今のこの状態で「恋人」としてティエンに向き合えない。

必死に必死に考えた高柳は、両手をティエンに向かって伸ばす。

「信じた。すっごい信じた」

今、自分のすべき最良の返事はこれだと思った。が、

「嘘つけ」

ティエンは一言で流し、高柳の膝の前に立った。そして高柳の顎に指を掛け、くいと上向きにする。

「お前も好きで記憶を失ったわけじゃないし、無茶《むちゃ》をするのもかわいそうだと思っていたが、よくよく考えればかわいそうなのは俺だ」

淡々《たんたん》とした口調ながら、ティエンはかなり怒っている。それは高柳を見る瞳からも伝わってくる。

「かわいそう……」

「かわいそうだろう？　よりにもよって、最愛の恋人から、自分たちが恋人だったという事実を忘れられているんだからな」

「ティエンの言うことはもっともだと思う。思うけど、だからって実力行使はよくないんじゃ

ないかな」

　膝を開かれ、その間に無理やり押し入ってきたティエンは、ベッドに乗り上げた膝で高柳の股間をぐりぐり押してくる。

「一時的なものだって医者も言ってたし、少しずつ思い出してくるかもしれないから……」

「記憶を失ったのは頭を打ったからだと言っていた。だったら同じようにもう一度頭を打てば、記憶が戻ってくるんじゃないか？」

　真っ直ぐに高柳を見つめるティエンの瞳は笑っていない。

「いや、ティエン。落ち着いて。一応僕は、退院したばかりで……額も縫ってるし」

　高柳は、出血していたため縫われて今はガーゼで覆われている場所を懸命に指さす。

「多分、無茶、しちゃいけない、と、思うんだ。だから」

「無茶はさせない」

　ティエンは前髪をかき上げながら、ガーゼ越しにそっと高柳の傷に触れてくる。さすがに痛みはないのだが、刹那《せつな》、肩を竦《すく》めたことに気づいただろう。

　ティエンはガーゼ越しにそこに口づけた唇を、ゆっくり目尻に移動させてきた。瞬間、絡《から》む視線が熱い。ドクンと心臓が大きく鳴った。

「ティ、エン……」

声が震えた。

ティエンが何をしようとしているか、わかっているのに体が動かない。恋人なら当たり前の行為かもしれない。だが「今の」高柳には恋人だという認識がない。ティエンは心密かに想っていた相手だ。そんな相手だからといって、何もかもすっとばした上で、こんな風にスキンシップとなると話は別だ。

ティエンが触れる場所すべてが心臓になったかと思うほどに激しく脈打ち、触れられる場所に体温が集まっていく。

腰は引けるのに、ティエンから逃れられない。

「怖がるな」

そう言われても。

「お前の体は覚えているはずだ」

まるで何かの呪文《じゅもん》のような言葉が、高柳の躊躇いを奪おうとする。

「智明」

ティエンはこれ以上ないほど優しい声で、高柳の名前を紡ぐ。甘い響《ひび》きに胸の奥が痛む。

自分は愛されている。愛されていた。二人の間に流れる空気がそれを物語っている。

触れる掌の温《ぬく》もり。感覚。肌が覚えている。

やがて、ティエンの唇が重なってくる。

咄嗟に強張《こわば》る高柳の背中を、ティエンは優しく撫《な》でてきた。指の一本ずつに細やかな労《いたわ》りが込められている。

「……っ」

(知ってる……)

その指の動きを。

何よりも、唇の感触を、高柳は知っている。

柔らかく熱い唇が高柳の唇に吸いつき、そこを熱い舌が嘗め上げてくる。

細かい突起《とっき》のひとつひとつが、高柳の口腔内《こうこうない》を刺激してくる。

予想していた以上にいやらしく、情欲を煽《あお》り立てられる。生き物のように蠢《うごめ》くティエンの舌は、高柳の舌を見つけると濃厚に絡みついてくる。

まさに、愛撫《あいぶ》だ。

体に触れるときと同じか、それ以上に優しく甘く熱く触れてくる。高柳の舌も、最初は躊躇いながらも、ティエンの舌に反応する。

指の動きと同じで、ティエンとのキスも知っている。

ティエンもおそらく高柳の舌の反応に気づいたのだろう。自らの意志で絡みついてきたのがわかると、さらに強く吸われた。

「あ……」

ぶるっと体を震わせて唇を離した瞬間、吐息の絡む距離でティエンと目が合う。互いの唾液《だえき》で濡れた唇の艶《つや》のもたらす淫猥《いんわい》さに、腰の奥が疼《うず》いた。

「……っ」

肩を押されてベッドに仰向けに倒れた高柳の上に、ティエンが伸《の》し掛かってくる。

頭の脇《わき》に手を突かれ上から伸し掛かられる。その角度で見上げるティエンの顔も、高柳は知っていた。

顎から首にかけて、そして鎖骨《さこつ》や鍛《きた》えられた胸筋が、服の上からでも想像できてしまう。

「智明」

吐息《といき》交じりに紡がれる名前の切なさに、胸が苦しくなってくる。

(どうしてだろう……)

高柳はそこで初めて自分に問いかける。

ティエンとの関係を、信じられない気持ちはあっても、もう疑う気持ちはない。そのぐらい、高柳の記憶を除くすべてが、ティエンを知っている。

ティエンはこれ以上ないほど高柳を慈《いつく》しんでくれている。

愛されるということはこういうことなのかと、他人事《ひとごと》のように痛感する。

高柳も間違いなくティエンを愛しているに違いない。胸に疼く甘さ、苦さは、ティエンへの愛情ゆえだろう。

それなのに、どうして自分はティエンに関する記憶だけ忘れているのか。

忘れる理由があったということか——多分、そんな高柳の戸惑いが、体の強張りが伝わったのだろう。ティエンは眉根を寄せた。

「嫌なのか」

声色に微かに弱さが混ざる。

高柳はそれに対して首を振ることで答える。嫌なわけではないのだ。体はむしろ悦《よろこ》んでいる。でも。

「俺はお前に愛されていると思っていた」

不意にティエンは言う。

「だが、それは俺の思い込みだったんだろうな」

自嘲《じちょう》するような言葉がティエンの口から紡がれる。

「お前は他のことは覚えているのに俺に関することだけ忘れた。それはつまり、お前が俺のことを『忘れたかった』からだろう」

（違う）

高柳は咄嗟に心の内で否定する。でも言葉にできないのは自信が持てないからだ。

違うのであれば、どうして、今自分はティエンのことを忘れているのか。その理由が説明できない。

何も言えずに唇を噛む高柳の表情を見て、ティエンの瞳が曇《くも》る。そしてティエンは高柳から離れる。

「ティエン……」

「悪かった」

乱れた服を直したティエンは高柳に背を向ける。

（行ってしまう……）

部屋を出ていこうとしていると気づいて、高柳は慌てて起き上がる。

「待って……っ！」

扉のノブにティエンが手をかけたタイミングで、追いかけようとしたものの、捻挫している高柳はバランスを崩して背中にしがみついてしまう。

「お……っと」

ティエンが開いた扉の前に、病院で別れたレオンが立っていた。

「邪魔だったら帰るが」

タイミングがいいのか悪いのか。ティエンを背後から抱き締める高柳と目が合うと、レオンはにやりと笑う。

その表情に一瞬、怯《ひる》んだ。しがみついていた腕の力が緩《ゆる》んだせいで、ティエンに逃げられてしまう。

「ちょうどいい。俺は出かけるから、代わりに高柳のことを見てやっていてくれ」

「それは構わないが……」

「ちょ、ティエン……」

引き止める声は無視して、ティエンはそのまま高柳を置いていってしまう。追いかけたかったが、扉の前に立つレオンが邪魔をする。

「ちょっと、レオンさん、どいてくれないとティエンが……」

「悪いな」

謝りの言葉を口にしながらも、レオンは高柳が右へ動けば右に、そして左に動けば左に動く。何度か同じことを繰り返してやっと、レオンが「わざと」高柳の邪魔をしているとわかった
やっとのことでレオンの横をすり抜けて、痛む足を引きずってエレベーターホールへ着いたときにはもう、当然のことながらそこにティエンの姿はない。

四基あるエレベーターの内、一基がちょうどロビーに辿り着いていた。

「ティエン……」

今からエレベーターに乗ったところで、ティエンには追いつかない。そしてホテルを出たティエンがどこへ向かうのか、今の高柳にはまったくわからないのだ。

(記憶を失う前の僕なら、ティエンの行き先がわかったんだろうか)

込み上げる悔《くや》しさは、間違いなく嫉妬《しっと》だ。嫉妬を向ける対象は己自身というややこしい状態になっている。

なぜ自分はティエンとの記憶を失っているのか。ティエンに関する記憶「だけ」を失っているのか。

ティエンの自虐的な言葉が鼓膜《こまく》に蘇《よみがえ》る。高柳自身、疑ってしまうのだ。忘れられた当人であるティエンが、高柳の気持ちを疑うのもある意味当然だ。

項垂《うなだ》れて部屋へ戻ると、扉の前でレオンが待っていた。

「どうして中で待ってないんですか?」

「鍵《かぎ》ねえし」

高柳とのやり取りのあとすぐなら、部屋の中に入ることも可能だった。しかしレオンは、主のいない部屋に勝手に入りはしなかった。

「あ、僕も鍵……」

持って出なかったと慌てるが、ポケットに入っていた。

「入りますか？」

ロックを解除して部屋の扉を開けながら尋ねる。

明日来る予定だったレオンが今いるのは、なんらかの用があるからに他ならないだろう。

「ティエンはいませんが」

「用があるのはお前だ」


「何か飲みますか？　冷蔵庫にビールがあったと……」

高柳が部屋に入ってすぐの場所にある冷蔵庫の前にしゃがもうとするが、レオンが腕を掴んできた。

高柳は咄嗟にレオンの手を払《はら》ってしまう。

「あ……」

「足、痛むんだろう？　俺は勝手にやるから、お前は座ってろ。頭の包帯もほどけかかってる」

「……すみません」

過剰に反応してしまった高柳は、促されるままベッドの端に腰を下ろす。

冷蔵庫にあった缶《かん》ビールを飲みながら高柳の前に立ったレオンは、飲みかけの缶を高柳に預《あず》けると、額の傷を覆う包帯をいったん解いた。

全体的な印象や醸《かも》し出す雰囲気から大ざっぱに見えるものの、レオンはカリスマと称されるタトゥーアーティストだ。

包帯を巻き直す手つきがとても慣れている。

派手なシャツにワークパンツ、頭はスカーフで巻いたレオンからは、独特の艶が漂う。

(初めて会ったときからそうだった)

そこまで思ったところで高柳ははっと息を呑む。

昨日、レオンとの出会いを尋ねられたが、どうしても思い出せなかった。その「初めて」の場面が不意に脳裏に蘇ってくる。

高柳は巻き直された包帯の上から額に触れる。

「痛むのか?」

心配そうに聞いてくるレオンの問いに、高柳は頭を左右に振った。

「——思い出した」

「ティエンのことか？」

高柳はもう一度頭を左右に振る。

「ううん。レオンさんと初めて会ったときのことを思い出しました」

「……へえ」

「香港の路地で迷ったとき、タトゥーアーティストであるレオンさんの店に辿り着いたんです。それが最初で、もう一回、お店に行ってるはずなんですが……」

香港の店で会ったことは病院でも思い出した。だがそこで何があったか考えたら、割れるほどに頭が痛んだ。

『ここに俺のものだという印をつけてやりたい』

肌に触れる手の温もり。

『体が上気したときにだけ浮き上がる刺青《いれずみ》がある。ここにそれを彫《ほ》っておけば、俺以外の人間の前で不埒《ふらち》なことをしたりしないだろう？』

鼓膜に蘇る声はレオンの声じゃない。

「僕はレオンさんに、刺青をしてもらいに行ったんだ」

靄に覆われたようにぼんやりとしているものの、間違いない。

でも、どこに？　着替えたとき、少なくとも目に見える場所にそれらしい痕《あと》はなかった。

「知りたいか、どこにあるか」

「……知りたい」

高柳が応じるや、レオンは高柳に渡していたビールを奪い取り、残っていた分を一気に飲み干した。その缶を無造作に床に放り投げたかと思うと、高柳の膝を抱えてそのまま高く掲げてきた。

「ちょ、レオンさん……」

「なあ、高柳。ティエンとのことだけじゃなくて、俺とのことも忘れているかもしれないとは思わないか?」

「……は?」

レオンは開いた膝の間に割って入り、包帯を巻き直したときのように、器用に高柳の履いたパンツのボタンを外してきた。

「俺と初めて会ったときのことも忘れていたぐらいだ。俺とセックスしたことを忘れている可能性だってあるだろう?」

「何を……」

するつもりなのかと、訴えようとした高柳の唇に、レオンの唇が覆い被さってきた。

たった今、レオンが飲んでいたビールの味のする舌が絡みついてくる。

「ん、ん……っ」

顎を痛いほど摑まれ嚙みつくみたいにされるキスは、ティエンにされたキスとは明らかに違う。

具体的に何がどう違うというのは、感覚的過ぎて難しい。だが「違う」のはわかる。

上顎を内側から刺激されると、ぞわりっと背筋《せすじ》を冷たいものが走り抜ける。さらに擦れる髭の感触に違和感を覚える。

それだけではない。

折り重なってくる温もりや体の重さも、記憶にあるものと違う。

皮膚《ひふ》を撫でる感触。愛撫の仕方。

何もかもが、記憶にあるものと――違う。

「や……っ」

覚えのない手が下着越しに下肢《かし》に触れてきた瞬間、高柳は渾身《こんしん》の力でレオンの体を蹴《け》飛ばした。

「ぐ……っ」

上手く鳩尾《みぞおち》に入ったらしい。レオンは呻《うめ》きながら腹に腕をやった。

「冗談は、そのぐらいにしてください」

高柳は乱れた呼吸を整えながら体を起こす。

「冗談……？」

「僕は、レオンさんのキスを知らない」

高柳は断言する。

「貴方《あなた》の手の動きも知らない」

「頭は忘れていても体は覚えてるってか……」

真正面に立つレオンは口角を上げて喉の奥でくくと笑う。

「残念だな。記憶がないっていうどさくさ紛《まぎ》れだったら、一度ぐらいヤれるかと思ってたのに」

「レオンさん……っ。冗談はやめてほしいって……」

「これは、マジだ」

レオンは真顔になる。

「俺は気に入った奴にしか墨《すみ》は入れない」

低い声で言われて高柳はハッとする。

レオンが豹変《ひょうへん》したのは、高柳が「どこに刺青を入れたか知りたい」と言ったからだ。

「どこにもないじゃないですか」

「出てるぞ、今」

抗議《こうぎ》すると、レオンは笑いながら高柳の足を指さした。

「……え？」

示された内腿に視線を向けた瞬間、高柳は目を瞠《みは》る。

何もなかったはずの場所に、今はうっすら赤い何かが浮き上がっている。

「なん、で……」

高柳はレオンに訴える。

「なんで」

尋ねる声が震えている。声だけではなく、体も心も震えている。

全身が震えている。

昨日まで……いや、ついさっきまで何もなかった内腿に、勇壮《ゆうそう》かつ優美な赤い——龍が泳いでいる。

「白粉彫《おしろいぼ》りだ」

「白粉彫り……？」

「普段は見えないが、興奮《こうふん》したり体温が上昇したときだけ肌に浮かび上がる手法だ」

「体温が上昇……」

そこで気づく。レオンが突然に高柳を煽ってきた理由に。

「エロいだろう?」

レオンはわざと下卑《げび》た言い方をする。

「そんな場所、見られる奴は限られてる。その場所に描いたのは、よりにもよって龍だ」

高柳ははっと息を呑む。

「龍——」

フェイロンのことは自分でもわかるぐらい、はっきり覚えている。彼は香港の裏社会を取り仕切る黎家の次期当主たる「龍」の資質を備えている。

次期、ということは、現当主が存在している。普通に考えればフェイロンの父であるゲイリーだ。

「ティエン……黎天龍《ライティエンロン》」

でも黎家の龍はゲイリーではない。

高柳は先ほどまで一緒にいた男の名前を口にしながら、そっと龍に触れる。

いまだ彼に関する記憶は曖昧ながら、こうして口にするだけで胸が締めつけられるように痛む。

「レオンさん……」

「ん?」

「ティエンはどこへ行ったんですか」

「知らねえな」

高柳が尋ねてもレオンはあっさりそう答える。だが高柳は「嘘だ」と返す。

「どうして嘘だと思う?」

「さっき、僕がティエンを追いかけようとしたのに邪魔をしたから」

レオンが来訪したのはティエンが部屋を出るタイミングだった。そして高柳が追いかけようとするのに、「わざと」邪魔をした。

「理由なんてわかりません。でもあのとき僕がティエンを追いかけるのを邪魔したのは間違いない」

「どうして追いかける?」

改めてレオンは高柳に確認してくる。

「あいつのことは覚えていないんだろう?」

揶揄するように言われると、高柳の胸の奥が痛む。

「覚えてないです。でも……僕はティエンを知っているんです」

レオンのキスは知らない。だが重なったティエンの唇の感触を高柳は記憶していた。

「でもお前はティエンを忘れた」

「それを言われると何も言えません。でも、忘れたくて忘れたわけじゃない……と、思うから」

高柳はぎゅっと拳《こぶし》を強く握り締める。

「すぐには思い出せないかもしれない。でも、絶対に思い出す。だから僕はティエンのそばにいたい」

そのことを、ティエンに伝えたい。

「一生思い出さなかったとしたらどうする？」

「それは考えなかった」

レオンの残酷《ざんこく》な問いに、一瞬、心臓を素手《すで》で摑まれるような痛みを覚える。だがこの事実で辛《つら》いのは、高柳よりもティエンだ。

「それでも……僕はティエンと一緒にいたい」

「一緒にいてどうする？」

「きっと……僕はもう一度、ティエンに恋をすると思う」

「恋……？」

「僕はずっと、ティエンのことが好きだったんです」

高柳は学生の頃から秘《ひ》めていた想いを口にする。

「ティエンが恋人だと言われて、誰にも言わずにいた気持ちを見透《みす》かされたのかと思って驚いたんです」

同時に、想いを口にしても許されるのだと知って驚いた。

「僕の一方的な想いで、ティエンの望む形ではないかもしれない。でも、ティエンがそれでもいいと言ってくれるなら、今の僕をティエンが受け入れてくれるのであれば、僕はティエンのそばにいたい」

そして改めて、ティエンが望んでくれるのであれば、ティエンとの愛を育《はぐく》んでいきたい。いや。望んでくれずとも、高柳は間違いなくティエンを好きになる。元々好きなのだから、「好きになる」というのは誤りかもしれない。より、好きになる。断言できる。

「五分で用意しろ」

レオンは腕時計で時間を確認しながら高柳に指図してくる。なんだろうかと思って見上げるとレオンは笑った。

「ティエンのところに連れていってやる」

8

「反黎《ライ》家の残党の動きが活発になっている。それも拠点がここ台北《タイペイ》にある。そんな情報を仕入れてティエンに連絡を入れた」

エレベーターの中でレオンは「今」のティエンを取り巻く状況《じょうきょう》を説明してくれる。

正直、突拍子《とっぴょうし》もないことだらけで驚くばかりだったが、それが「嘘」だとは思わなかった。

ひとつひとつ出来事を積み重ねていくことで、真実が見えてくる。

同時に、高柳の「記憶」が実に曖昧で、自分に都合よく塗《ぬ》り替えられているかを思い知らされる。

ティエンの記憶がすっぽり抜けているものの、フェイロンとゲイリーのことは認識している。

だから、彼らの関係性を考えようとすると、驚くほどにいい加減だったのだ。

その「いい加減」だった部分がレオンの説明で埋《う》められていく。

ティエンのこと。先生のこと。レオンとの関わり。

それから、ヨシュアの存在。

なぜ今、台湾に来ているのか。なぜティエンが別行動していたのか。

「だからティエンは台湾へ行くことを嫌がったのか……」

自分が狙《ねら》われているからではないのだろう。

「自分のせいで、お前が危険な目に遭《あ》うのが嫌だったらしい」

レオンの話によれば、ティエンは最近、澳門《マカオ》で誘拐《ゆうかい》されたのだという。

「誘拐……」

「それも覚えてないのか」

肩を竦めたレオンは、ロビー階に到着すると、高柳とともにエレベーターを降りる。

辺りを気にしつつ、レオンはさりげなく高柳を庇《かば》うようにしていることに気づく。

「香港にも話をすべきじゃないかと言ったが、あいつは聞き入れなかった。澳門の件で周囲に迷惑をかけた。だから今回は何がなんでも一人で片をつけると言い張った。俺も情報提供したあとは、お前の身を守るだけで他は手を出すなと言われた」

「それなのに僕はティエンと自分の関係を忘れていたのか……」

激しい罪悪感《ざいあくかん》が押し寄せてくる。

「自分を責めることはない」

レオンは高柳の肩を優しく叩いてくれる。

「ティエンの奴は、かえって忘れていてくれてほっとしてた」

「……どうして」

ホテル前でタクシーに乗り込む。ミラーに写る自分の姿を目にして、高柳は頭に巻いていた包帯を外した。

「いいのか？」

「さすがに目立ちますから。テープで留めてあるし」

外した包帯はパンツのポケットに突っ込んだ。

「まあ、そんな風に、お前はじっとしてるタイプじゃねえからな」

レオンは肩を揺らして笑う。

「な」

「いつも後先考えずに突っ走るだろ。自分と一緒にいることでお前も危険に晒《さら》されて、散々《さんざん》悩んでた。だが、お前は絶対離れねえし、自分の知らねえところでお前が突っ走るよりは、近くで見ている方が安心できると思ったらしい」

「そんなに僕は無茶をしてたんですか」

「してたしてた。無茶なんてもんじゃねえな」

レオンにここまで言われるということは、相当なのだろう。

「闇《やみ》オークションで売られそうになったの、覚えてないか？」

「闇オークションってなんですか」

「闇のオークション。表で売れない物をヤベエ奴らに売る」

タクシーの運転手の様子を確認しつつ、高柳は声を潜《ひそ》めて確認する。

「それは想像できますが、僕自身が商品になってたってことですか?」

「らしいな」

レオンはやけに嬉しそうだ。

「お前みたいな上物が商品になるオークションなら、俺もバイヤーになりてえな」

「冗談言わないでください」

高柳は強い口調で抗議してレオンの口を覆おうとした。

「冗談なんかじゃねえよ。俺は本気でお前のことを気に入ってる」

レオンは自分の口を覆おうとした高柳の手首を摑んで、伸びた指をおもむろに口に含《ふく》み、軽く甘嚙みしてきた。

「な……っ」

「俺は誰の肌にでも墨を入れるわけじゃない。俺の認めた奴にしか針《はり》は刺さねえし、相手の内側から溢れてくるものしか描けない」

レオンは、狩《か》りをする獣のような視線を高柳に向けてくる。

「龍を描いたときのお前は、ぞくぞくするほどに色っぽかった。上気した肌からは匂い立つような色香が溢れていて、針を一刺しするたび痛みを堪えた声がまたそそる。何度途中で仕事をほっぽって無理やりヤっちまおうかと思ったことか」

舌嘗めずりする様子からは、嘘だとは思えなくなる。さっきもそうだ。レオンには梶谷という恋人がいる。高柳とティエンが恋人だと知っている。それでも高柳が本気で抵抗しなかったら、どうなっていたか。

もちろん、最後まではしないだろうと思う。それでもレオンの場合、どこまでが本気でどこまでが嘘でどこまでが揶揄なのかわからないところがある。

ティエンとは別の意味で底知れない怖さがあり、狂気《きょうき》を孕んでいる。

「……ティエンはよく僕のこと、見放さないでいてくれましたね……」

そんなレオンには気づかないふりをして、高柳は話を無理やり戻す。

「ティエンの奴も同じことを思ってるから安心しろ。よく自分につき合ってくれてるなって」

レオンは運転手に「その先を右」と指示する。MRT、蘆洲《ルージョウ》線の中山國小《ゾンシャングゥオシャォ》駅近くまで来ていた。

「雙城街夜市《スワンチォンジェイェシー》ですか」

「おう、よく知ってるな」

農安街《ノンアンジエ》と、雙城街《スワンチョンジエ》の交差点から、民権東路《ミンチェンドンルー》と雙城街にかけての、わずか二〇〇メートルほどで、徒歩三分ほどのこぢんまりとした夜市だ。

「昼に来た事はありますが、夕方に来るのは初めてです」

観光地と化した士林夜市《シーリンイエシー》と比較したら小さな場所だが、その分地元の人間が食事に訪れる。

屋台街に隣接した晴光市場《チンゴァンシーチャン》にも、美味い店があると聞いている。

にもかかわらず、日本語を多く見かける。香鶏排《シャンジーパイ》、牛肉麺《ニュウロウミエン》、粥《ヂョウ》などから、日本式ラーメンの店など、何日通えば食べ尽くせるかもわからないほど、いわゆるB級と称されるグルメが目白押しだ。

「おい、よだれ、流してるぞ」

「え？」

レオンの指摘《してき》で慌てて口元を拭《ぬぐ》うと「嘘だよ」と笑われる。

「勘弁《かんべん》してください。本気にしたじゃないですか」

美味そうな料理を見て美味そうだと思ったのは事実だ。だからよだれを流していてもおかしくないと思ってしまった。

「そういや、昼飯食ったか？」

退院してホテルの部屋に戻ってから、食事をする間もなかった。

「いえ」

「食いしん坊のくせに、よく我慢してたな」

「別に食いしん坊なわけじゃ……」

「隠《かく》しても無駄だ。お前の大食漢《たいしょくかん》は有名だ」

「ティエンがばらしたんですか？」

「ばらすも何も、ヨシュアもみんな、お前が食い意地張ってて、いつもハラペコなことは知ってる」

「なんか、心外」

「心外って……」

レオンが口を開こうとしたとき、彼のデニムのポケットに入っていたスマホが着信を知らせる。表示を確認したところで、高柳にちらりと視線を向けてきた。

「悪い」

高柳はそんなレオンに目で応じる。

「適当に食べてます」

電話の相手はティエンかもしれない。ティエンだとして、レオンが高柳をここに連れてくることはきっと知らないのだろう。

ここでティエンが何をするつもりかはわからない。だが雑多で猥雑で賑やかなこの場所は、誰が潜んでいてもおかしくないように思えた。

息を吸って、周囲に視線を巡らせてみる。だが、怪《あや》しい気配などまったく感じられない。それよりも食欲を刺激する匂いに気を取られてしまう。

「ちゃんとしたご飯はティエンと一緒に食べたほうがいいかな」

だから今は立ち食いのできる物をと、焼き小籠包《ショウロンポウ》を選んだ。熱々のそれを口に運ぶと、口の中に汁《しる》が溢れてきた。

「……っ」

美味い。だがそれ以上に熱さと戦いながら、目を白黒させつつなんとか飲み込んだ。

「あー美味い！」

上顎と舌を軽く火傷《やけど》したようだ。それでも美味さが勝る。もうひとつ食べようとふーふーと息を吹きかけている間も、ひっきりなしに細い通路を人が行き交う。他の店も見ようと少し歩いたところで、自分に合わせて歩く人の気配に気づく。

高柳が一歩歩くと気配も動く。最初は気のせいかと思ったが、気のせいではない。

（こんなに人がいるのに、なんでわかるんだろう）

一人ではない。二人か。距離はある。しかし強烈な圧迫感に、高柳の鼓動が高鳴って背筋をひやりと冷たい物が走り抜けていく。

(どうしよう……)

レオンはどこにいるのか。電話を掛けたほうがいいのかもしれないと思うが、ここで下手《へた》な動きをすると敵にも怪しまれてしまう。

高柳は美味そうに二個目の水煎包《シュイジェンバオ》にかぶりついたところで、細い路地へ入る。壁に背中を預け、食べ切れていない水煎包の入った紙のトレーを足元に置いた。

(これまでの僕だったら、このあとどうしたんだろう)

鼓動は早くなっていて手汗《てあせ》もかいている。しかし思っていたより落ち着いている自分に驚いた。

高柳の今の記憶を探ってみても、こんな場面は初めてだ。それなのに腹が据《す》わっている。ティエンとの関係とともに失われているだろう記憶の中、こういう場面に出くわしてきたのだろう。

胸に手をやって大きく深呼吸する。

ポケットに突っ込んでいたスマホを確認し、指の感覚だけで覚えている番号にコールをする。

おそらく今、画面にはティエンの名前が表示されている。

(そういえばレオンさんとの電話は終わったのかな)

終わっていたとしても、高柳からの電話だとわかったら出てくれないかもしれない。その場合は仕方がない。着信が入っていれば、このあとで万《まん》が一《いち》、何かがあったとしても、連絡を入れたことだけはわかってくれるだろう。

かけ直しのメッセージが聞こえて、改めてかけ直す。同じことを何度か繰り返した。

今、自分を追いかけてきているのは誰かと問えば、おそらく「反黎家の残党」なのだろう。明確にそれが何を意味するか思い出せないものの、フェイロンの存在がかろうじて記憶を呼び戻してくれる。

そんな反黎家の残党が、どうして高柳を追いかけてくるのか。つまりティエンと関連があるからだ。

ティエンと一緒にいることで、高柳にも危険が及《およ》ぶ。これまでに何度も似たような場面があったのだろう。でも、今、自分たちが一緒にいるということは、「それでも」一緒にいる道を選んだということだ。

敵側にしてみれば、二人が別れようと一緒にいようと、関係ない。ティエンの関係者であるという事実が、高柳の身を危なくする。

『自分の知らねえところでお前が突っ走るよりは、近くで見ている方が安心できると思ったらしい』

レオンの発言を思い出して、笑ってしまう。ティエンはきっと、今みたいな場面に何度も遭《そう》遇《ぐう》しているのだろう。自分一人なら乗り越える術《すべ》は心得ているだろう男が、高柳というおんぶにだっこをせねばならない荷物を抱えている。下ろした方が楽だと思う人が多い中、ティエンはあえて抱える道を選んだのだ。

ティエンがそういう人間である以上、高柳も応えたい。記憶にあるないは関係ない。事実として自分が今、その状況に置かれている以上、覚悟を決めざるを得ないのだ。

（もしかしたら……）

ふと、違う考えに及ぼうとしたとき、地面を踏み締める音がする。

（来た）

路地に入ったのはわざとだ。敵とて人目につくところで襲《おそ》ってはこない。だからあえて路地に逃げ込んで自らおびき寄せたつもりでいる。

だがそんなことをしていいのは、敵に対する対処法《たいしょ》を持つ人間だ。

高柳は小さく息を吸って、いまだ繋がっていないスマホから改めてティエンへダイヤルする。

（ティエン。いい加減、出て）

僅かな願いを込めて、高柳は自分のスマホをパンツの尻《しり》のポケットに突っ込んだ。

「手を挙げろ」

強い口調での命令に高柳は唇を噛んだ。

「ティエン・ライはどこだ」

結構な図体の男、二人。

陽射しの入らないビルの間のせいで、顔はよく見えないが、表に出れば地元の人間の中に紛れてしまうだろう。

「人に物を尋ねるときは、先に自己紹介するべきじゃないかなあ」

高柳がそう返すや否や、足元に銃弾《じゅうだん》が飛んできた。

「自分がどういう立場にあるか、よく考えてから発言しろ」

二人とも自分に銃を向けている姿に気づいて、高柳の背筋を冷たいものが走り抜けていく。

(思ってたよりもヤバいかな)

しまったなあと思うものの、それでも死の危険は覚えていない。

自分は大丈夫だという絶対的な自信が、高柳を支えてくれている。

「もう一度聞く。ティエン・ライはどこだ」

ジリッと、距離が縮まる。

背筋を大粒《おおつぶ》の汗が伝っていく。

鼓動が高鳴る。

美味そうな食べ物と下水と汗の饐《す》えた匂いが、全身を纏《まと》っている。

台湾の、というよりは、アジア特有のこの空気が、高柳には合っている。仕事の都合でニューヨークやヨーロッパでも過ごした。アジアとは異なる洗練された文化と圧倒的な歴史に彩《いろど》られた国も、もちろん好きだ。買い物を楽しみ、美術館や教会に足を運び、その国々の料理を楽しんで過ごす。

しかし、一か月もすると物足りなさを覚えてしまう。整然とした街並みも時代を感じさせる荘厳《そうごん》な建物も、ステンドグラスが美しい教会も、見慣れた光景になってしまう。特に冬はだめだ。足元から冷える乾燥した空気が耐《た》えられない。

そして、アジアが恋しくなる。

時代の変化が肌で感じられる。ねっとりとした空気にも懐かしさを覚える。賑やかで、まさに猥雑で、過去と未来が混在したあの感覚が、どうしようもなく好きなのだ。

どこかティエンに似ている。

表向き、洗練されたクールさを放ちながら、実際は泥臭《どろくさ》く熱い。その手で奪った命もあるだろう。

本来なら交わることのなかった自分とティエンが、恋人同士になっているという。

高柳が一人、学生の頃から一方的に想ってきた相手に、想いが伝わっていた。喜びより驚きが勝って信じられずにいた現実を、命の危険を覚えた今になってようやく、受け入れつつある。

（初めてじゃないんだろうな）

普通なら、拳銃を目にすることすらないだろう。そんな拳銃の銃口を己に向けられても、高柳は冷静に見つめていられる。

（今の状況には意味がある）

ここへ連れてきたのはレオンだ。ティエンに会いたいという高柳の願いを叶《かな》えるためだ。反黎家の残党がいる中、電話がかかってきたとはいえ、レオンが自分から離れたのはなぜか。

（この状況を作り出すため）

つまり自分は囮《おとり》に使われた。

ティエンにとっての弱点で、きっと足を引っ張るばかりの存在でも、それなりの意味はある。事実、こうして見えない敵が炙《あぶ》り出されている。

「もう一度聞く。これが最後だ。自分の命が大切なら言え。ティエン・ライはどこにいる？」

どんな返答をしても、高柳に向けられた銃口が火を噴《ふ》くだろう。

「多分、君らの後ろ」

「はあ？　てめえ、ふざけたことを言いやがって……っ！」

「真面目に答えたつもりなんだけどな」

そう返すよりも前に、高柳を狙っていた男たちは、身を持ってそれを実感していた。

バンッ！

高柳に向けられた拳銃を摑んでいた手が、鞭《むち》のようなしなやかさと鋭《するど》さの足で蹴り上げられる。

当初の獲物《えもの》ではなく空に向かって放たれた一発の銃声が合図となり、高柳を狙っていた男たちは二人とも、一瞬にして汚い地面に顔を押しつけられていた。

まさに、映画やドラマのアクションシーンが目の前で繰り広げられた。演出家としては「一瞬過ぎて面白くない」と言われるかもしれない。

そのぐらい、鮮《あざ》やかに完璧《かんぺき》に、敵を仕留めた。

「動くな。下手に動くと肩の関節が外れる」

低く鋭い声。

「レオン。そっちはどうだ？」

断末魔《だんまつま》のような呻き声を上げる男の背後から動きを封じたティエンは、額に汗一つ浮かべることなく涼《すず》しげな表情を浮かべている。

「まったく問題ねえな」

うつ伏《ぶ》せにした男の背中に跨《また》がったレオンは、奪った拳銃を手の中でくるりと回してから、相手の後頭部に押しつけた。

「で、こいつら、どうするよ?」

「俺たちの仕事はここまでだ。ここから先はゲイリーの仕事だ」

その言葉で、どこから湧《わ》き上がったのか、押し寄せた黒服の男たちが、ティエンとレオンの捕らえた輩《やから》を連れて、あっという間に雑踏の中に消えていく。

一瞬のうちに変化していく目の前の光景を、高柳は黙って見つめていた。

本来なら、絶体絶命の状況に置かれていた。冷たい壁に背中を押しつけ、己に向けられ放たれるだろう鉛玉《なまりだま》を、黙って受け入れるしかなかったはずだ。

そんな状況でも、驚くほどに高柳は落ち着いていた。それは他でもない、今、自分を見つめる男が助けてくれるに違いないと確信していたからだ。

実際に助けに訪れたティエンは、まるで舞でも舞うかのようなスムーズな動きで敵の攻撃《こうげき》をかわし、あっという間に敵を仕留めてしまった。

息が上がることもなく、平然とした様子で高柳に向き直る。

「大丈夫か」

向けられた視線を、高柳は真正面から受け止める。

じわりと、失われていた記憶が、まるで血液が全身を巡るように蘇ってくる。

様々な光景が映像のように脳裏を掛け巡る。

出会いから今日まで。

笑って、怒って、泣いて、叫《さけ》んで、そして愛し合ってきた日々。

高柳を愛し、高柳が愛した、ティエン。

向けられる視線、重なった唇、繋いだ体。

散り散りになっていた記憶のピースが、まるでパズルのように埋められていく。

どうして忘れられたのか。

忘れようとして忘れられないほど、高柳のすべてに染み渡っている記憶。

何度となくティエンは高柳を助けてくれている。そして高柳も、ティエンを助けてきた。

ティエンを、愛している。

「危ない目に遭わせて申し訳ない。こんなはずじゃなかったんだが……」

ティエンはレオンを振り返る。

「智明にはバレないようにしろと言っただろう」

「そんなの無理に決まってる」

レオンは服や手についた汚れを払いながら、高柳の前までゆっくり歩み寄ってくる。

「こいつがどういう人間か、一番よく知ってるのは、他でもないてめえだ」

「そうだが……」

「下手に長引かせるより、多少の危険はあっても大胆《だいたん》な手段に出たほうが確実だ。それはお前だってわかっていただろう」

「しかし……」

「ティエン」

高柳は目の前の男の名前を呼ぶ。

「お腹空いた。何か食べよう」

そして告げた言葉にティエンとレオンは互いに顔を見合わせた。


夜市の屋台で牛肉を挟んだ刈包《グワバオ》を堪能《たんのう》してから、半ば引きずられるようにティエンとレオンにタクシーに乗せられた。そして宿泊しているホテルでレオンを残してタクシーを降りる。

「明日、連絡する」

詳しい説明をせずとも、レオンは高柳の身に何が起きたのか理解していた。それはティエンも同じだ。レオンが高柳にちょっかいを出したのは、当然本気ではない。記憶を失ったところで、高柳はティエンを想っていることを教えてくれた。

刈包を無心に食べているとき、二人から向けられる視線がそれまでと違っていた。

高柳を窺《うかが》っている――というのが正しいのか、検分しているというか、とにかく、得体の知れない珍獣《ちんじゅう》でも見るような視線を向けられていた。

そんな視線に気づきながら、高柳はあえて何も言わなかった。ただ屋台で購入した、中華風蒸《む》しパンの間に、高菜《たかな》のような酸菜《スァンツァイ》と牛バラ肉を挟み、最後にピーナッツの粉《こな》を振りかけただけのシンプルな刈包を堪能した。

「二人も食べればいいのに」

あまりの美味さに勧めたが、二人は「いい」と言って、ただ高柳が食べる様を眺めていた。だがそこまでで限界だったのだろう。次の屋台へ向かおうとしたところ、腕を摑まれてタクシーに引きずり込まれ、今に至っている。

ティエンは一度、高柳の手を摑んだら、ずっと離そうとはしなかった。

タクシーを降りるときもエレベーターに乗り込んでからも、部屋に入るときもずっとだ。

だが高柳の顔を見ようとしない上に話そうともしない。レオンが語り掛けても高柳が語り掛けても同じだ。タクシーを降りるとき、レオンと会話したのも高柳だったのだ。

ホテルの部屋の鍵を開け、部屋に入る。先を歩く男は、そこでようやく高柳を振り返る。

「ティエ……」

名前を呼ぼうとした高柳の体は、ティエンに抱き締められていた。

背中に回った腕にぎりぎりと締めつけられる。痛いというより息が苦しい。しかし高柳は、しばしされるがままでいた。

肩口に押し当てられたティエンの額が、微かに震えているように思えた。

（泣いている？）

思ったものの口にはしなかった。

ただ、自分の腕をティエンの背に回して、同じように肩口に頭を預けた。

そして告げる。

「ごめん」

謝って許される話ではないかもしれない。大体、高柳自身、意図して記憶を失っていたわけではない。不可抗力《ふかこうりょく》以外の何ものでもないのだ。

それでも逆の立場を考えたら、あまりの辛さに胸が潰《つぶ》れるような気持ちを味わうに違いない。

今は謝る以外の言葉が見つからない。ティエン自身、他の言葉は望んでいないだろう。仕方ないとわかっていて、でも責めたい気持ちもあるだろう。

しばしそのままでいると、ゆっくりティエンは顔を上げる。そして当たり前のように唇を重ねてくる。舌で口腔内を探る感触に幸せを覚える。

ティエンは唇を離して、くっと笑う。

「何？」

「パクチーの味がする」

「ごめん」

高柳もつられて笑う。

「さっき食べた刈包の中に入ってた」

色気も何もあったものではない。

だがこれこそが二人らしい。

後ろ手に扉を閉めながら、二人とも上着を脱ぎ捨てる。

「反黎家の動きは、今回の件で封じ込められたの？」

「澳門《マカオ》の一件である程度一掃されている。今回はいわば残務処理《ざんむしょり》だな」

ティエンはまるでオフィスワークのような言い方をする。だがわかりやすい。

「とはいえ、封じ込めたつもりでも、新たにどこからか湧いてくるのが世の常だ。フェイロンが正式に表に出るまでは、いたちごっこが続くだろう」

「そっか……」

ため息を漏らす高柳の頬にティエンの手が伸びてくる。

「嫌になったか?」

眼鏡の奥のティエンの瞳が揺れる。

「ティエンこそ、僕のこと、嫌になったんじゃない?」

記憶が失われていたのはほぼ一日。頭を打った直後の記憶はないものの、そのあとから今までのことははっきり覚えている。

「よりにもよって、君との関係だけ忘れてしまう薄情《はくじょう》な人間だ」

向かい合わせになって、互いのシャツを脱がしていく。露わになった胸をティエンの手が優しく弄っていく。

指の間で胸の突起を挟まれると、全身が粟立《あわだ》った。

「ショックじゃないと言ったら嘘だ。だがお前が俺とのことを忘れたいと思ったのであれば、それは受け入れるしかないとも思った」

ティエンは高柳の鎖骨《さこつ》の窪《くぼ》みを嘗め、首筋をゆっくり嘗め上げてくる。小さな突起のひとつひとつを責め立てられるような愛撫に、小さく息を漏らす。

高柳はその間にティエンのベルトに手を伸ばし、バックルを外した。ファスナーを下ろすと、既に昂ぶったティエン自身が訴えてくる。

「……が、実際に離れて生きていけるわけはないとも思っていた」

苦し気に正直な気持ちを明かされて、高柳は笑ってしまう。

「僕も」

ティエンの首に腕を回す。軽く背伸びするようにティエンの唇に自分の唇を押しつける。

「俺のことを忘れたのに?」

「ごめん。でも、わかったことがある」

軽く啄《ついば》むキスを繰り返しながら言葉を紡ぐ。

「僕は多分、恋がしたかったんだ」

「恋?」

ベッドに座らせた高柳の足から下着を引き抜いたティエンは、怪訝な表情を見せる。

「僕ら、体から始まった関係だろう? まあ、僕のせいではあるんだけれど」

仰向《あおむ》けに横たえられた高柳の上に、ティエンが折り重なってくる。高柳はすべて脱がしておきながら、ティエンはシャツは脱いでいるものの、下肢を覆う服は身に着けたままだ。

「翔太くんと先生の話を聞いていて……色々思うところがあったんだ。それで……」

「今は他の男の名前を口にするな」

憮然《ぶぜん》とした表情のティエンに、高柳は真顔になる。

「嫉妬してる?」

「当たり前だ」

冗談のつもりで聞くと、真剣に肯定されてしまう。

「僕と翔太くんの間には何もないよ？」

「それとこれとは話が別だ。レオンの奴との間にも、何もないんだろうな？」

今は白い内腿を撫でながら、ティエンは先ほどまで一緒に闘《たたか》っていた男の名前を口にする。

「なんでレオンの名前が」

「あいつはお前のことを気に入っている。大体、こんな場所に触れたこと自体、腹立たしく思っている」

内腿に口づけられて、「あ」と甘い声が溢れる。

ティエンはそんな高柳の反応を楽しむように、執拗《しつよう》にそこを吸い上げてくる。

「あ、ティエン……そんなに吸わないで……」

「俺のことを忘れたお前に、文句を言う権利はない」

冗談めかしてはいてもそれはティエンの本音《ほんね》だろう。高柳も今回の件は言い訳できない。意図的でなくても、最愛のティエンのことを忘れたのは事実だ。同時に、どれだけティエンが大切かも思い知らされた。

「ごめん……それから、愛してる」

「口だけならなんとでも言える」

ティエンは、赤い龍の浮かび上がる高柳の内腿を撫でながら顔を上げる。

「だからお前の気持ちの真偽《しんぎ》については、体で存分に証明《しょうめい》してもらう」

言いながらも、高柳の額の傷を覆うガーゼには注意深く触れてくる。

「もうこれ以上、お前の体を傷つけたりしない」

「この傷はティエンのせいじゃないんだけど」

「それでも」

ティエンは、笑いながらの高柳の言葉を遮る。

「俺はお前を守る。この命に代えても」

ゆっくり高柳の体に突き進んでくる。

熱い脈動に、高柳は「だめだよ」と告げる。

「一緒に、よぼよぼのおじいちゃんになるまで一緒にいてくれないと」

ヨシュアからは、台湾に行く時間が取れない旨《むね》の謝罪に加え、ティエンの復帰の許可と高柳の今後の就業に関する条件提示がされた。

あくまで今は「案」で、最終的には交渉《こうしょう》の場で決定すること、高柳の求める条件についてはできるだけ考慮《こうりょ》する旨が記されていた。

そして可能ならば、直接会いたいこと、記された日程であればどこにでも赴《おもむ》くと書かれていた。

ちなみにこのメールは、ヨシュアの秘書であり、恋人である遊佐奈央《ゆさなお》から送られてきていた。狡《ずる》いとは思うが、自分に免じてヨシュアに最後のチャンスを与えてほしい、とのこと。

「で、どうする?」

ティエンに聞かれる。

「そうだな。どうしようかな」

含み笑いをしつつも、高柳の気持ちは決まっている。

遊佐には既に交渉場所を指定し、返信済みだ。

「とりあえず、美味い料理はご馳走《ちそう》してもらわないとね」

高柳の返答にティエンは「お前らしいな」と笑った。

あとがき

高柳《たかやなぎ》を記憶喪失にしたいと思ったきっかけは、熟年夫婦みたいになってしまったティエンとの関係を、少し違った形で見たいなと思ったからでした。

記憶喪失になっている時間が短かった上に当初とは違う感じになりましたが、少しだけ普段と異なる関係性を書けて嬉しかったです。

というわけで、ヨシュアの話はまた別に。

奈良千春《ならちはる》様。今回も素晴らしいイラストをありがとうございました。奈良さんの描かれるキャラクターを見られるのがとても嬉しいです。

担当様には今回もご迷惑をおかけしてしまい申し訳ありませんでした。今後も何とぞよろしくお願いいたします。

この作品を書き続けていられるのも、お読みくださる皆さまのおかげです。

一言でも構いません。ご感想をお聞かせいただけると、励みになります。

また次の作品でお会いできますように。

二〇二〇　春　ふゆの仁子　拝

Lovers Label

龍の困惑

ラヴァーズ文庫をお買い上げいただきありがとうございます。
この作品を読んでのご意見・ご感想をお聞かせください。
あて先は下記の通りです。

〒102−0072
東京都千代田区飯田橋2-7-3
(株)竹書房　ラヴァーズ文庫編集部
ふゆの仁子先生係
奈良千春先生係

2020年5月7日
初版第1刷発行

●著　者
ふゆの仁子 ©JINKO FUYUNO
●イラスト
奈良千春 ©CHIHARU NARA

●発行者　後藤明信
●発行所　株式会社　竹書房
〒102−0072
東京都千代田区飯田橋2-7-3
電話　03(3264)1576(代表)
　　　03(3234)6246(編集部)
●ホームページ
http://bl.takeshobo.co.jp/

●印刷所　中央精版印刷株式会社

ISBN 978-4-8019-2232-7　C 0193